光文社文庫

毒蜜 快楽殺人

決定版

『毒蜜 異常殺人 新装版』改題

南 英男

光 文 社

この作品は、二〇一二年三月に刊行された
『毒蜜　異常殺人　新装版』に著者が大幅加筆
修正して改題したものです。
この物語はフィクションであり、登場する人物
名および団体名、事件名、建物名などは実在す
るものと一切関係ありません。

目次

毒蜜　快楽殺人

プロローグ

四つの裸身が並んでいた。

女性たちは一糸もまとっていない。全裸だった。

四人とも、分厚い板壁に大の字に磔にされている。

四肢を頑丈な留金具で固定され、ほとんど身じろぎもできなかった。惨たらしい姿が痛々しい。十一月中旬のある深夜だ。

高原に建つ大きな山荘の一室だった。

裸の女性たちは全員、布製の粘着テープで口を封じられている。四人とも二十代の美女だった。その肉体は熟れていた。

彼女たちはきょうの夕方から夜にかけて、都内で正体不明の三人の外国人に次々に拉致されたのだ。四人は、それぞれ一面識もなかった。ただ、セクシーな美人という共通項はある。

監禁された理由にも誰も思い当たらなかった。営利誘拐とは考えにくい。戦慄に取り憑かれた女性たちは、さんざん泣き喚いた。

いまは涙も涸れ、誰もがうなだれている。

二十畳ほどの洋室は、ひどく殺風景だった。黒いロッキングチェアがあるきりで、家具は何も置かれていない。

見張りの男もいなかった。電灯の光に照らされた焦茶のウッディフロアが妙に眩い。

不意に部屋のドアが開いた。

引っさらわれた女性たちは身を強張らせ、一斉にドアの方に視線を向けた。部屋に入ってきたのは上背のある男だった。濃いサングラスをかけている。

年恰好は判然としなかった。仕立てのよさそうな渋いグレイの背広を着込み、きちんとネクタイを結んでいる。

四人の女性は、その男を初めて見た。

サングラスの男は、どことなく知的な雰囲気を漂わせていた。衣服やランジェリーを荒々しく剝ぎ取った三人の外国人とは、明らかにタイプが異なる。

女性たちの表情に安堵の色が拡がった。手荒なことはされないと思ったのだろう。

男は部屋の中央にたたずみ、四人の美しい裸身をひとりずつ眺めた。

女性たちは羞恥に頬を染め、相前後して目を伏せた。瞼をきつく閉じ、屈辱に身を震わせる者もいた。

「四人とも、ナイスバディだな」

男は抑揚のない声で呟き、上着の内ポケットを探った。

取り出したのは折り畳み式の西洋剃刀だった。拉致された女性は顔を引き攣らせた。次々に何か口走った。彼女たちのくぐもり声は粘着テープで殺がれ、言葉にはならなかった。四人は互いに顔を見合わせ、絶望的な吐息をついた。

男が剃刀の刃を起こす。

刃渡りは二十センチ弱だった。刃先は鋭く研がれている。

男は無表情のまま、一メートル間隔に壁に留められた女性たちにゆっくりと近寄った。

立ち止まったのは、左端に磔にされた裸女の前だった。その女性が顔を上げ、烈しく首を横に振った。怯えで、大きな瞳が大きく盛り上がっている。

男は薄笑いを浮かべ、西洋剃刀の刃を女性のほっそりとした首筋に押し当てた。相手が喉を軋ませ、全身を硬直させる。

男は徐々に背を丸め、女性の豊満な乳房に顔を寄せた。長く伸ばした舌の先で乳首を刺激し、静かに口に含んだ。

相手が顔をしかめた。

男は唇を撓め、寝かせた剃刀で女性の項や喉のあたりを執拗に撫で回した。さらに抓んだ乳首の根元に刃先を宛がい、下腹や内腿もなぞった。だが、柔肌を傷つけることはなかった。

女性が涙を溜めた目で、男を睨みつけた。憎悪と軽蔑の入り混じった眼差しだった。男の顔が、にわかに険しくなる。女性の秘部に、いきなり唾を飛ばした。女性が眉根を寄せる。

「まあ、いいさ」

男は、右隣の女性の前に移った。

狙われた女性が本能的に身を捩る。手首や両足首の留金具が小さく鳴っただけだった。

男は冷笑し、残りの三人の素肌にも剃刀の刃を滑らせた。女性のひとりは恐怖のあまり、泣きだしてしまった。

男は四人の女性を嬲り終えると、何事もなかったような顔で部屋から出ていった。

彼女たちは、ひとまず胸を撫で下ろした。しかし、入れ代わりに三人の外国人が部屋に入ってきた。四人を拉致した男たちだ。黒人、赤毛の白人、小柄な東南アジア系の三人組である。男たちは、上半身だけ裸だった。

三人の男は、女性たちを順番に板壁から引き剝がした。

四人はすぐに樹脂製の結束バンドで後ろ手に縛られ、床に突き転がされた。三人組は手早くチノクロスパンツとトランクスを脱いだ。揃ってペニスは雄々しく反り返っている。

肌の黒い男が奇声を発して、そばにいた女性の白い尻を抱えた。

ちょうどそのとき、サングラスの男が部屋に戻ってきた。デジタルカメラを手にしていた。

「みんな、存分に娯しんでくれ。きみらの顔が映らないアングルを選ぶよ」

サングラスをかけた男がそう言い、デジタルカメラで動画撮影しはじめた。

東南アジア系の男が女性のひとりに歩み寄り、髪の毛を引っ摑んで上体を起こさせた。彼女の粘着テープを引き剝がすなり、男性器を一気に口中に押し入れた。赤毛の白人は、二人の女性を両腕で掻き寄せた。

すぐに凌辱の宴が繰り広げられた。女性たちの呻き声と悲鳴が重なった。

犯行目的が判然としない。監禁中の女性たちを単に辱しめたいだけなのか。それとも、囚われた四人を快楽殺人の餌食にする気なのだろうか。

例の大男が命令に従わなかったら、人質の四人をひとりずつ嬲り殺しにしよう。

サングラスの男はデジタルカメラを構えながら、肚を括った。

第一章　美女たちの失踪

1

刃風が湧いた。
擦れ違いざまだった。白っぽい光が揺曳する。
多門剛は本能的に跳びのいた。
一瞬、心臓がすぼまった。それだけだった。特に恐怖感は覚えなかった。
暴漢の息遣いが荒い。
匕首を握って、やや腰を落としている。刃渡りは三十数センチはあった。
二十七、八歳だろうか。中肉中背だ。頭は丸刈りだった。黒革のハーフコートを着ていた。
明らかに堅気ではないだろう。

「どこの者だ？」

多門は訊いた。

砂色のチノクロスパンツのポケットから、ゆっくりと両手を抜く。グローブのような手だ。

男が半歩退がった。

横浜の中華街の裏通りだ。街灯があった。路上は仄明るい。

十一月中旬のある夜だ。時刻は十時半近い。人通りは、ほとんど絶えている。

多門は数分前まで、中華街の中ほどにある料理店にいた。北京ダックや肉粽を抓みながら、白酒と老酒を一本ずつ空けた。

贅沢な食事をしたのは久しぶりだった。たまたま昨夜、ポーカーで三十万円近く勝ち、珍しく懐は温かかった。

料理店を出て裏通りに足を踏み入れたとたん、いきなり襲われたのだ。

多門は大酒飲みだが、ほとんど酔っていなかった。どんなに飲んでも、足を取られたことはない。正体不明の敵が匕首を握り直し、間合いを詰めてくる。三メートル弱しか離れていない。

「誰だ、てめえはっ」

多門は吼えた。

だが、相手は薄く笑っただけだった。次の瞬間、不意に路面を蹴った。

ハーフコートが風を孕む。多門は横に跳んだ。閃光が斜めに走った。空気が揺らぎ、烈しく縺れ合う。

多門は前蹴りを放った。筋肉の発達した長い脚が空を裂く。キックは相手の下腹に沈んだ。

暴漢が体をくの字に折ったまま、宙に浮かぶ。多門は高く舞って、男の顔面を三十センチのローファーの底で蹴りつけた。無表情だった。

肉と骨が鈍く軋んだ。男は悲鳴を洩らしながら、コンクリートの電柱にぶつかった。

弾き返され、路上に転がった。

横倒しだった。刃物は手にしていない。それは路上の端に落ちていた。

多門は匕首を摑み上げ、男に近づいた。

気配で、男が身を起こす。多門は足を飛ばした。右脚だった。

丸太のような腿が躍り、靴の先が男の肝臓のあたりに深くめり込む。ハーフコートの飾りボタンが砕け散った。

男は仰向けに引っくり返った。

歯を剝いて、体を左右に揺さぶる。いかにも苦しげな唸り声を発した。顔面は血みどろだった。鼻と口から血を流している。

多門は、男の片方の足首を摑んだ。

手指はバナナのように太い。軽々と男を暗い路地に引きずり込む。

男が全身でもがいた。それは徒労に終わった。

三十五歳の多門は、他人が振り返るほどの大男である。

身長は百九十八センチだった。体重は九十一キロだ。羆のような巨軀だが、バランスはとれている。手脚は長かった。

筋肉質で、骨太だ。色も浅黒い。

鋼のような逞しい体格だ。ことに、肩と胸の筋肉が発達している。アメリカンフットボールのプロテクターを想わせる体軀だった。

二の腕の筋肉は、ハムの塊の三倍近い。太腿は、女の腰ほどの太さがある。そんな体型から、多門には〝熊〟という綽名がついていた。

〝暴れ熊〟と呼ぶ者もいる。体毛も濃かった。手の甲は、毛むくじゃらだ。

体軀は他人に威圧感を与えるが、顔そのものは少しも厳つくない。

やや面長の童顔だ。餓鬼大将が、そのまま大人になったような面相だった。どことなく母性本能をくすぐるマスクだ。

笑うと、たちまち愛嬌のある顔になる。太い眉が極端に下がり、きっとした奥二重の目も和む。大きな鼻や直線的な引き締まった唇も親しみを誘う。

「おれをどうする気なんだ？」

暴漢が地べたに寝そべったまま、苦しげな声で問いかけてきた。

「そいつは、てめえの出方次第だな」

「おれ、あんたに恨みなんかなかったんだ」

「なら、誰かに頼まれたんだな。どこの誰に頼まれた？」

「それは言えねえよ。頼む、もう勘弁してくれねえか」

「そうはいかない」

多門はコントラバスのような低い声で凄み、男の脇腹を思うさま蹴りつけた。靴の先が十数センチ、肉の中に埋まる。

男が獣じみた声をあげて、四肢を縮めた。多門は大きな足で男を押し転がし、腹這いにさせた。

「な、何する気なんだ？」

男が震え声で言って、頭部を浮かせる。

多門は黙って屈み込み、男の頭を押さえつけた。さらに男の右腕を踏みつけ、手の甲に匕首を垂直に突き刺した。血の粒が飛んだ。

切っ先がアスファルトの路面に届き、無機質な音が小さく響いた。

男が凄まじい叫びを轟かせた。すぐに血の臭いが立ち昇ってきた。

「早く、早く匕首を抜いてくれーっ」

「喋りな」

多門は冷然と言って、匕首を左右に抉った。血管は、ずたずたに切れただろう。

男が高い唸り声を発しはじめた。多門は左目を眇めた。他人を侮蔑するときの癖だった。

男が泣きそうな声をあげながら、尿失禁しはじめた。

ちょうどそのときだった。近くで、鈍い爆発音がした。ほとんど同時に、黒煙と炎が上がった。ガソリン臭い。爆ぜたのは火焔瓶だった。炎が拡がり、あたりが明るんだ。

多門は立ち上がった。

引き抜いた匕首を振って、血の雫を切る。鮮血が炎の中にも飛び散った。

ふたたび通りから、火焔瓶が投げつけられた。

路地の入口には、半グレっぽい男が立っていた。

二本目の瓶は、多門のすぐ目の前で破裂した。発火音がして、炎が勢いよく躍り上がった。

多門は走りだした。相手との間合いを詰める。

と、男が逃げる素振りを見せた。多門は咆哮を放ちながら、全力で疾駆した。しかし、無駄だった。通りに飛び出すと、すでに男の車は発進していた。

「ちくしょう！」

多門は歯嚙みして、路地に駆け戻った。

匕首の持ち主も搔き消えていた。多門は体を反転させた。大股で歩きながら、匕首の柄をハンカチで拭う。

多門は自分の指紋を神経質に拭うと、刃物を暗がりに投げ込んだ。たとえ近所の者に見られていたとしても、凶器に自分の指紋が付着していなければ、すぐ警察に捕まることはないだろう。

多門は通りに出て、中華街の目抜き通りまで走った。

シャッターの降りた店もあったが、まだ人の往来はあった。人混みに紛れ込む。

この通りを中心にして、周囲には約百軒の中華料理店がある。民芸品を売る店や中華料理専門の食料品店も少なくない。

横浜を訪れたのは二カ月ぶりだった。

わざわざ中華料理を食べにきたわけではない。親密な女性に会うためだった。中華街に出かける前に海岸通りにあるホテルにチェックインしている。

今夜十一時半に、本牧のバーで園部綾子と落ち合うことになっていた。

二十九歳の綾子はラウンジバーのママだった。二年前までは、馬車道の高級クラブに勤めていた。そのころに口説いた女性だ。

綾子は息を呑むような美人ではない。

器量は十人並といったところだろう。だが、気立てがいい。肉体も抜群だ。男を奮い立たせ、甘く蕩かす。

多門は人波を縫って、中華街の入口の赤い門を出た。

西側の門だ。その斜め前にある山下町駐車場に車を預けてあった。

多門は二メートル近い巨体を大きくこごめて、やっとの思いで白いカローラの運転席に入った。用心しないと、フレームに頭をぶつけてしまう。

一五〇〇ccのAT車だった。年式は旧い。生産されて、もう十数年は経っている。

車体は錆だらけだ。エンジンの調子も上々とは言えない。タイヤは丸坊主に近かった。

知り合いの闇金融業者が恵んでくれたポンコツ車だった。

自分のボルボXC40は、借金の形に取られている。六百三十万円で買ったボルボには、まだ一年も乗っていなかった。

「おれが、こんなチンケな車に乗ってるなんてな。泣けてくるぜ」

多門はぼやいて、イグニッションキーを捻った。

エンジンは一発でかかった。こういうことは、めったにない。なんとなく嬉しくなった。多門はハミングして、カローラをスタートさせた。本牧に向かう。

多門は裏社会の始末屋だった。

言ってみれば、交渉人(ネゴシエーター)を兼ねた揉め事請負人(トラブルシューター)だ。世の中には、表沙汰(おもてざた)にはできない各種の揉(も)め事が無数にある。多門は体を張って、さまざまなトラブルを解決していた。

危険を伴(ともな)う稼業だけに、報酬は悪くない。

一件の成功報酬が数千万円になることもある。去年の年収は六千万円を超(こ)えた。

もっとも、その大部分は酒と女に注(つ)ぎ込んでしまった。もともと多門は浪費家で、貯(たくわ)えのできない性分(しょうぶん)だった。

いまは生活が苦しい。

ここのところ、なぜだか仕事の依頼が途絶えている。目下、失業状態だった。退屈で仕方がない。多門は日がな一日、ぼんやりと過ごしていた。体も鈍(なま)ってしまった。

もう半年近く遊んでいる。便利屋めいた仕事でも引き受ける気になっていた。

貴金属類や高級衣料は、あらかた売り尽(つ)くしていた。借金の額も日ごとに増えている。

しかし、多門はそれほど落ち込んではいなかった。いよいよ喰えなくなったら、脛(すね)に傷を持つ誰かを強請(ゆす)ればいい。汚れた金を脅し取ることに抵抗はなかった。

カローラが大きくバウンドした。

多門は頭頂部を天井にぶつけ、小さく呻いた。うっかり悪路にタイヤを落としてしまったのだ。

いつしか車は本牧通りに入っていた。

しばらく走り、左折する。少し進むと、馴染みの酒場の軒灯が見えてきた。

店の数十メートル先の路地に車を駐める。違法駐車だった。

夜気は尖りはじめていた。着古したジャケットの襟を立て、地階の店に降りる。

重厚な木製のドアを手繰ると、オーティス・レディングの古いＲ＆Ｂが聴こえてきた。

店内はあまり広くない。

ボックスシートは三つあるだけだ。カウンターには十数人しか坐れない。ロフト風の造りだった。ほぼ満席だ。店内がざわついていた。
二、三十代のカップルが目立つ。出入口に近い止まり木しか空いていない。
多門は、その席に腰かけた。

客たちの視線が背中に集まる。ほぼ二メートルの巨体は、どうしても人目についてしまう。

多門は気にかけなかった。見られることには、とうの昔に馴れっこになっていた。

「クマさん、いらっしゃい。二カ月ぶりね」

マスターが幾分たどたどしい日本語で言い、せかせかと歩み寄ってきた。ギリシャ人だ。船員上がりで、もう五十歳を越えている。元フラメンコダンサーの日本人妻は十五、六歳若い。

「バーボンのロックをくれないか。ウイスキーは安いやつでいいよ」

「ホ、ホーケー」

「おい、おれは包茎じゃねえぞ」

「クマさん、怒らない。ギリシャ人、母音の発音がちょっと苦手ね」

「早く酒をくれないか」

多門は急かして、ロングピースをくわえた。

かなりのヘビースモーカーだ。一日に五、六十本は喫っている。

小太りのマスターが、手早くバーボンのロックをこしらえる。ウイスキーはアーリー・タイムズだった。安物のバーボンだ。

ロックを半分ほど呷ったとき、カウンターの上の固定電話が鳴った。

マスターが素早く受話器を摑み上げる。短い遣り取りをして、アイボリーホワイトの受話器を差し出した。マスターは妙なウインクをすると、さりげなく遠のいた。スマートフォンはマナーモードにしてあった。着信に気づかなかったのだろう。

多門は受話器を耳に当てた。

綾子の声が流れてきた。

「あなたのスマホに繋がらなかったのよ。少し遅くなりそうなの」

「何かあったのか？」

「お店に珍客が来ちゃったのよ。そう言えば、わかるでしょ？　この電話、お店の外からかけてるの」

「そういうことか」

多門は、すぐに察しがついた。伊勢佐木町にある綾子の店にパトロンが現われたらしい。

「ホテルのお部屋に直行してもいいでしょ？」

「そうしてくれないか」

多門は応じて、マスターに受話器を返した。

2

背後で頰を打つ音がした。

それに、女性の悲鳴が重なった。店内が一瞬、静まり返った。四杯目に口をつけたときだった。

多門はスツールごと振り返った。

隅のボックスで、男と女が睨み合っている。男は中腰だった。

女性は男を睨めつけながら、左の頰をさすっていた。個性的な顔立ちの美人だった。

黒目がちの瞳には、憎悪の色が溜まっている。
二十三、四歳だろうか。髪型はショートボブだった。彫金のイヤリングが目を惹く。
男が連れの女性を罵って、憤然と席を立った。
三十六、七歳ではないか。マスクは整っている。上背もあった。ライトグレイの背広は、セルッティだろう。イタリアのブランド品だ。
「けっ、気取ったなりしやがって。女性を殴る下司野郎は、ぶちのめしてやる！」

多門は音をたててスツールを離れ、男の前に立ちはだかった。自分のことはさておき、マスクのいい男には我慢ならない性質だった。一種のジェラシーなのだろう。

男が足を止めた。棘々しい目を向けてくる。

多門は無言で、男の頰を手の甲で思うさま張った。

派手な音が店内に響いた。男は摑まったソファごと、壁まで吹っ飛んだ。

呻くだけで、すぐには立ち上がらなかった。口の端が赤い。血だった。舌の先か、唇を嚙んだようだ。男が気色ばんだ。

「な、何なんだ、おたくはっ」

「失せろ！」

多門はドアに目をやって、髭の剃り跡の濃い顎をしゃくった。

相手が身を起こし、何か言いかけた。しかし、それは言葉にならなかった。マスクの整った男は、すごすごと歩み去った。

ギリシャ人のマスターが両手を拡げて、肩を大きく竦めた。多門は無表情のまま、女性に目を向けた。相手が腰を浮かせ、深々と頭を下げる。

ざっくりとした枯葉色のセーターを着込んでいた。下は白いミニスカートだ。靴はロングブーツだった。

細みだが、ぎすぎすした感じではない。抱き心地はよさそうだ。

ベッドを共にしてくれる女友達は常時、十人はいる。しかし、この一週間、柔肌に触れていなかった。ホテル代はおろか、コーヒー代にも事欠くほどの貧乏暮らしをしていたからだ。なんとなく腰のあたりが重ったるかった。

多門は、ほぼ一日置きに女性を抱いてきた。そのパターンを崩すと、心身ともに落ち着きを失う。

ついに我慢し切れなくなって、数日前に女友達に次々に電話をかけた。

しかし、あいにく抱きたい四人には連絡が取れなかった。彼女たちは独身生活(シングルライフ)を優雅に愉(たの)しんでいるようだ。

自分と関わりのある女性たちは誰も愛(いと)しい。

もともと多門は、すべての女性を観音(かんのん)さまのように崇(あが)めている。老若(ろうにゃく)や美醜には関係なく、相手を慈(いつく)しむことを心掛けてきた。

それでも、多少の好みはある。色気があって、気立てのいい女性が好きだった。その上に肉体(ボディー)がグラマラスなら、申し分ない。

ミニスカートの女性が歩み寄ってきた。

「おかげで、気分がすっきりしました」

「そりゃ、よかった」

「どなたかとお待ち合わせなんでしょう?」

「いや、そうじゃないんだ」

「ご一緒させてもらってもよろしいかしら?」

「かまわないよ」

多門はぶっきらぼうに言って、自分のスツールに戻った。表情には出さなかったが、悪い気はしなかった。

　女性が飲みかけのブランデーグラスを持って、隣の席に腰かけた。香水の匂いが甘い。ディオールか。

　多門はさりげなく相手の下半身に視線をさまよわせた。

　ヒップは思いのほか厚みがあった。ミニスカートから零れた腿にも、張りがある。どうやら着痩せするタイプらしかった。

「ここには、よくいらっしゃるんですか？」

「ね、ね、年に六、七回かな」

　多門は女性を口説きたいと思いはじめると、なぜか舌が滑らかに動かなくなる。綾子のことは、すっかり忘れ去っていた。惚れやすい性分だった。といっても、ただの好色漢ではない。男に安らぎを与えてくれる女性たちの存在が心の大きな支えになっている。もちろん、女体にも惹かれている。

　美女がブランデーグラスを掬い上げ、琥珀色の液体を小さく波打たせた。

「仕事、何やってるのかな？」

「女優の卵なんです」

「そう。さっきの野郎は彼氏なんだろう？」

「いいえ。あの男はテレビ局のプロデューサーです」

「そうだったのか」

「プロデューサー、妙な取引を持ちかけてきたんですよ。朝までつき合えば、ドラマに出してやるなんて言ったの。要するに、枕営業しろってことよね。女を侮辱してるから、彼のグラスに喫いかけの煙草を突っ込んでやったんです」

「いい根性だ。気に入ったよ」

「女としては、ちょっと気が強すぎるんじゃありません？」

「おれ、気の強い女に弱いんだ」

多門は美女を熱く見つめた。

相手が困惑顔になった。焦り(あせ)は禁物だ。多門はつまらないギャグを飛ばし、五杯目のロックを注文した。

美女には、バーボンソーダを頼んでやる。この店はツケがきく。

待つほどもなく、注文した酒が運ばれてきた。多門はグラスを傾けながら、相手の横顔をうかがった。表情に警戒の色は宿っていない。

彼女は、どこか小悪魔的な魅力を秘めていた。

化粧映(ば)えのする派手な造りだった。捲(めく)れ上がり気味の赤い上唇が官能的だ。

多門は、そそられた。

「出ないか、一緒に」

「え？」

「ここは落ち着かないんじゃないか」

「ま、そうね。わたし、少し酔ったみたい……」

色っぽい女性が歌うように言った。

「だったら、どっかで酔いを醒ましたほうがいいな」

「車ですか？」

「ああ。ひでえポンコツだけどね。飲酒運転になるが、酒には強いんだ。まだ素面と同じだよ」

「それなら、どこか岸壁に連れてってください」

「岸壁？」

「ちょっと冷たい風に吹かれたいの」

「わかった。出よう」

多門は一気に残りのバーボン・ロックを空けた。好きな酒は、一滴たりとも残したくなかった。腰を上げ、目で美女を促す。

二人は店を出た。

外は肌寒かった。吐く息が白い。

美しい女はジャケットもコートも持っていなかった。いかにも寒そうに肩を竦めて歩いている。多門は彼女の肩を包み込み、カローラまで導いた。美女を素早く助手席に乗せ、細心の注意を払って狭い運転席に入る。

「山下公園まで走ろうか？」

「ううん、近くでいいの。国際埠頭に連れてって」

「了解！」

多門はイグニッションキーを捻った。エンジンは三度目で、やっとかかった。

毒づいて、カローラを発進させる。本牧通りに出て、三溪園方面に走った。本牧元町から豊浦町に入る。

やがて、国際埠頭にぶつかった。

車を停める。すぐに多門は、相手を抱き寄せかけた。そのとき、美女が素早く外に出た。

多門は苦笑して、車を降りようとした。急いたからか、うっかりステアリングに脚をぶつけてしまった。舌打ちしながら、カローラから出る。

潮風は油臭かった。

倉庫ビルの前に巨大なコンテナが並び、移動式の起重機がところどころに見える。

三隻の貨物船が接岸中だった。手前の船はパナマ船籍だ。岸壁のビットに繋がれた太い繋船索が、かすかな軋み音を刻んでいる。暗い沖合には碇泊船の灯が瞬いていた。

あたりに人影は見当たらなかった。

夏とは違い、カップルたちの車も目に留まらない。左手にある自動車専用埠頭も、ひっそりとしていた。その奥が本牧埠頭だ。闇ににじむ灯火が何やら幻想的だった。

海から強い風が吹きつけてきた。

多門の緩くウェーブのかかった癖のある髪が逆立った。だが、気にしなかった。

「少し寒いわ」

美人がそう言いながら、身を寄せてきた。

女性としては、大柄なほうだ。百六十八センチはあるだろう。

多門は巨大熊のような体を大きく屈め、美しい女性の髪に顔を埋めた。髪は馨しかった。

相手は、じっと動かない。脈はありそうだ。

多門は美女の体を自分の方に向き直らせた。

女がこころもち顎を上げ、瞼を閉じた。多門はごっつい手で、美女の顎を軽く挟んだ。

赤い口紅が鈍い光を放っている。なんともセクシーだった。

多門は唇を重ねた。

ルージュの味がゆっくりと口中に拡がる。相手が誘い込むように、舌の先で多門の下唇を舐めた。

多門は舌を差し入れ、片手で美しい女を抱き寄せた。思った通り、肉づきは悪くない。多門は、形のいいヒップをまさぐった。ラバーボールのように弾んだ。

ミニスカートを通して、体温が伝わってくる。いい感じだ。

風に煽られた美女の短い髪が、刷毛のように多門の頬を撫でる。ぞくりとした。

舌と舌が深く絡まった瞬間だった。多門たち二人は、不意に眩い光輪に顔を照らされた。

車のヘッドライトだった。

美人が弾かれたように身を離した。

鋭い光が近づいてくる。悪ガキどもが、カップルをひやかす気になったのではないか。

多門は身構える気持ちになった。

車が停止した。白っぽいアルファードだった。ヘッドライトが消される。

二つの人影が降り立った。

どちらも男だった。日本人ではない。長身のほうが赤毛の白人で、小柄な男は東南アジア系の顔立ちだった。二人とも、まだ三十歳前と思われる。

男たちは釣竿ケースを肩に提げていた。小型の青いクーラーボックスも持っている。どうやら夜釣りに来たらしい。

「脅かしやがって」

ふたたび多門は、美しい女を腕の中に抱え込んだ。

男たちがにやにやしながら、二人の脇を通り過ぎていった。多門は女性の唇を貪りはじめた。

次の瞬間、美女の膝蹴りが股間を直撃した。

虚を衝かれた恰好だった。強かに睾丸を蹴られ、多門は息が詰まった。腰が砕けそうにもなった。

美女が身を翻した。なぜ、逃げ出すのか。わけがわからなかった。

突然、多門は何か固い物で後頭部を殴打された。

激痛が走り、頭の芯がぼやけた。視界も揺れた。

不覚にも片膝をついてしまった。そのとき、今度は肩を叩かれた。筋肉がひしゃげた。骨まで痛みが響いた。

多門はうずくまった。

すると、重い前蹴りを下腹に見舞われた。呻きつつ、顔を上げる。真ん前に、東南アジア系の小柄な男が立っていた。赤毛の白人はすぐ横にいた。

白人男は、釣竿ケースを頭上に振り被っている。

中身は金属バットにちがいない。叩かれたときの感触で、はっきりとわかった。

「てめえら、何者だっ」

多門は言って、立ち上がろうとした。

その瞬間、空気が鳴った。色の浅黒い小柄な男が回し蹴りを放ったのだ。ハイキックだった。多門は首筋をまともに狙われた。肉と骨が鳴る。一瞬、目も霞んだ。

ふたたび多門は膝から崩れた。

小柄な男は敏捷だった。多門の首を抱え込むように両腕でロックし、顔面と胸板に強烈な膝蹴りを浴びせてきた。

多門はどちらも躱せなかった。

目から火花が散る。眉間のあたりが、しんと冷えた。肋骨も軋んだ。

どうやら男は、タイの国技ムエタイの使い手らしい。ムエタイは、俗にタイ式ボクシングと呼ばれている荒っぽい格闘技だ。男が足で多門を押し転がした。

「お、おめら、ぶ、ぶ、ぶっ殺されてえのけ！」

多門は吼えて、のっそりと身を起こした。極度の興奮を覚えると、彼はいつも舌が縺れる。

それだけではなく、必ず郷里の岩手訛が出てしまう。

白人男が、またもや金属バットを振り下ろした。

多門は反射的に横に跳んだ。赤毛の男は百八十五センチ前後だった。多門は腰を落として、相手を思い切り肩で弾いた。

赤毛男が尻から落ち、仰向けに引っくり返った。

多門は三十センチのローファーで、相手の顎を蹴り上げた。男が転げ回る。手から釣竿ケースが落ちた。

それを拾い上げようとしたときだった。タイ人らしき男が右脚を水平に泳がせた。

鋭角的なハイキックだった。風が巻き起こり、男のスラックスの裾がはためいた。避ける余裕はなかった。

多門は首筋に重い衝撃を覚えた。まるで栓を抜いていない一升瓶でぶっ叩かれたような感じだった。

屈強な多門も、さすがに巨体をふらつかせた。

間髪を容れず、ほぼ水平の回し蹴りが飛んできた。蹴りは脇腹に当たった。内臓が灼けた。痛みも鋭かった。

だが、多門は耐えた。

男の腿を長い腕でホールドし、立ち上がりざまに膝蹴りを見舞う。椰子の実大の膝頭が相手の下腹に深く埋まった。

男はいったん前屈みになり、後ろに吹っ飛んだ。

二回転し、すぐに跳ね起きた。豹のように動きがしなやかだった。

男たちは相変わらず口を開かない。

言葉を発しないだけに、不気味さが増す。赤毛の男が握った物を勢いよく振り下ろした。

多門は、わずかに横に動いた。

金属バットがコンクリートを叩き、硬質な音を刻んだ。白人男が呻く。手に痺れが走ったのだろう。

多門は相手の右腕を左手で捉え、右手で襟首をむんずと摑んだ。二の腕の筋肉が大きく盛り上がる。力瘤は大きい。

腰を深く入れ、男を投げ飛ばす。跳腰が極まった。多門は柔道三段だった。拳法の心得もある。

赤毛の男が地響きを立てて、コンクリートに転がった。

多門は素早く体の向きを変えた。しかし、一瞬遅かった。

すでに小柄な男は高く跳躍していた。その片脚は深く折られている。飛び膝蹴りの構えだった。逃げる余裕はなかった。

相手の膝頭で顎を蹴り上げられ、多門は巨木のように後方に倒れた。

倒れた瞬間、強く頭を打ちつけた。数秒、意識がぼやけた。その隙に、二人の暴漢は逃げた。

「く、くそったれどもが！」

多門は起き上がって、アルファードに向かって走りだした。敵の車は無灯火のまま猛スピードでバックし、じきに闇に呑まれた。

多門は暗がりを透かして見た。

ショートボブの美女はどこにも見当たらない。おそらくアルファードの中にいるのだろう。

多門は、罠を仕掛けたセクシーな女を恨む気にはなれなかった。どんなときも、彼は異性には無防備だった。疑うことを知らないのである。

逃げた美女には、何か事情があったのだろう。迷うことなく赦す気になった。

多門は衣服の埃を払い落とし、自分の車に足を向けた。

3

多門は、洗面台の鏡で体の傷口を確かめた。

全裸だった。シーサイドホテルの一二〇八号室である。これから、シャワーを浴びるところだった。ホテルは海岸通りに面している。目の前が山下公園だった。

首、肩、脇腹の痣は、早くも紫色に変わっていた。その箇所が火照り、かすかに疼く。

頭髪は血で固まっていた。

傷口が、ずきずきと脈打っている。しかし、耐えられないほどの痛みではない。

頭皮が裂けたことで、かえって大事に至らなかったようだ。傷口は、そのうちに塞がるだろう。骨は、どこも折れていないと思われる。並の人間なら、病院に担ぎ込まれる騒ぎになっていたにちがいない。

多門はバスタブの中に入った。

二十代半ばの数年間、彼は千葉県習志野にある陸上自衛隊第一空挺団の特殊部隊員として過ごした。特殊部隊の訓練はハードだった。何度も脱走したいと思ったが、男の意地で苛酷なトレーニングに耐え抜いた。そのおかげで、人並以上の体力を持てるようになったわけだ。

多門の前蹴りは、一トン近い破壊力を秘めている。パンチの威力もプロボクサー級だった。握力も強い。リンゴや胡桃を掌の中で、たやすく潰すことができる。多門が少し強く腕を掴んだら、たいがいの男は骨に罅が入ってしまう。親指の腹だけで、ビールやワインの栓も楽々と抜く。全身の筋肉を使えば、二〇〇〇cc前後の車も引っくり返すことができる。

多門は、頭から熱いシャワーを浴びはじめた。

湯が頭の傷に沁みた。思わず呻き声が出た。

中華街で襲ってきた男たちと、さっきの外国人たちは同じ仲間なのだろうか。

ボディーソープの泡を全身に塗りたくりながら、多門はふと思った。

裏社会で生きていると、どうしても他人に逆恨みされやすい。これまでも度々、仕返しされてきた。

無言電話などは序の口だ。

車や自宅マンションに時限爆弾を仕掛けられたことも一度や二度ではない。ベッドに毒蛇や蠍を投げ込まれたこともある。ある財界人の娘のスキャンダルを揉み消したときは、脅迫者がチャイニーズ・マフィアの殺し屋を差し向けてきた。

匕首を振り回した男たちは、どう見ても暴力団関係者だ。火焔瓶を投げた男は仲間だろう。

ただ、あの二人の外国人の正体は察しがつかない。

多門は唸りながら、首を振った。

二人は日本の暴力団の外国人組員なのか。最近、肌や目の色の異なる外国生まれの組員が増えているらしい。

多門は、かつて新宿のやくざだった。その当時も、タイやフィリピン出身の組員がいることはいた。だが、その数はきわめて少なかった。ところが、数年前から不法滞在の外国人が何人も暴力団に入っているという。

多門は手早くボディーソープの泡を洗い落とし、浴室を出た。腰にバスタオルを巻いただけの姿だった。

部屋はツイン・ベッドルームだ。

二十五畳ほどのスペースだった。二台のベッドのほかには、コンパクトなソファセットと電話機しかない。

多門は二台のベッドをぴったりとくっつけ、大の字に寝そべった。

体を斜めに横たえなければ、ベッドから足がはみ出てしまう。ホテルで寝るときは、いつもそうしていた。

間もなく午前零時になる。綾子は来てくれるのか。まだパトロンの相手をさせられているのかもしれない。煙草を吹かしながら、時間を遣り過ごす。

待たされることには、別段、腹は立たなかった。だが、さっきから昂まった欲情がもどかしがっている。早く昂まりを鎮めてやりたい。

綾子が現われたのは午前零時二十分過ぎだった。

オイスターホワイトのワンピースをまとっていた。コートはキャメルカラーだった。相変わらず妖艶だ。細面だが、頬のあたりはふっくらしている。切れ長の目とやや厚めの唇が、男の欲情を掻き立てる。

「その痣、どうしたの？」

「話は後にしよう」

多門は腰のバスタオルを剝ぎ取った。

分身は角笛のように天井を振り仰いでいた。綾子が驚きの声をあげた。

多門は綾子を後ろ向きにさせ、両手をドアに宛がわせた。すると、綾子が笑顔で言った。

「いやよ、いきなりだなんて」

「若い男みたいに待ったがきかないんだ」

多門は片膝を落として、抗う綾子のパンティーストッキングとデザインショーツを一緒に足首まで引きずり下ろした。心の中で相手の気持ちを重んじなかったことを詫びていたが、もうブレーキが外れてしまった。

猛(たけ)ったペニスを強引に押し入れる。その瞬間、綾子が小さく呻いた。わずかに軋(きし)むような感覚があった。

多門は綾子の腰を抱えて、がむしゃらに突きはじめた。

綾子の肩が一定の間隔でドアにぶち当たり、内錠が鳴りはじめた。多門は気にしなかった。そのうち、木製のドアが撓(しな)りはじめた。

「ドアが、ドアが壊れちゃう」

綾子が息を弾(はず)ませながら、切迫した声で訴えた。

かまわず多門はダイナミックに腰を躍動させつづけた。ドアの合板がみしみしと鳴り、ロックの金具が軋んだ。

ほどなく多門は唸(うな)りながら、勢いよく放った。綾子の中で、陰茎が数回嘶(いなな)いた。何気なくドアを見ると、数センチの隙間ができていた。内錠の金具が捩(ねじ)曲がってしまったのだろう。

多門は綾子から離れた。綾子が体をふらつかせながら、その場にへたり込んだ。

落ち着きを取り戻した多門は、捩曲がった錠を素手でまっすぐに伸ばした。三秒もかからなかった。綾子が問いかけてきた。

「ねえ、その痣は？」

「国際埠頭でちょっとな」

「早く手当てをしたほうがいいわ」

「どうってことないよ、これぐらい。それより、身勝手な行動に走って、悪かった。罰として、これから……」

多門は綾子の体を抱き上げ、ベッドまで運んだ。少しだけ節々が疼いた。

綾子の衣服を手早く脱がせ、今度は浴室に向かった。

多門はグローブのような手にたっぷりとボディーソープの泡をつけて、綾子の起伏に富んだ全身を優しく洗いはじめた。綾子は気持ちよさそうだった。

女性の体を洗っているとき多門は至福感を覚える。むっちりとした腿やヒップを両手で洗っているうちに、ふたたび欲望がめざめた。

多門はたっぷり前戯を施してから、体を繋いだ。後背位だった。

綾子の息が乱れる。喘ぎは、すぐに呻きに変わった。いつしか綾子の体は、しとどに潤んでいた。

多門は律動を速めた。

ややあって、綾子が悦びの声を放った。

その声は震えを帯びていた。綾子は肉感的な内腿と腰を鋭く震わせながら、最初の極みに達した。

頃合を計って、多門はいったん結合を解いた。

綾子が夢から醒めたような表情で、多門の性器をくわえ込んだ。

巧みな舌技がつづく。多門は昂まった。

二人はベッドに移った。多門は綾子をベッドに這わせ、水蜜桃のようなヒップに唇を滑らせる。綾子がなまめかしく呻きはじめた。

多門は、精力がずば抜けて強い。

しかし、性欲だけでベッドパートナーを抱いているわけではなかった。彼の人生観の底には、一期一会という考えが横たわっていた。ことに女性に関して、その気持ちが強かった。

一生に一度しか出会うことがないと思うと、無性に相手がいとおしくなる。

悔いのないようにもてなしたい。そんな思いに駆り立てられ、ついつい不眠不休で心身のエネルギーを注ぎ込んでしまう。当然、交わりの回数も多くなる。

「女の尻は、い、い、一級の芸術品でねえべか」

「これ以上焦らされたら、わたし……」

「わ、わがった。待っててけろ」

多門は後背位で体を繋いだ。すぐに右手をクリトリスに伸ばし、左手で乳房をまさぐる。

多門は六、七度浅く突き、そのあと一気に奥まで分け入った。そのリズムパターンを崩さなかった。後退するときは必ず腰に捻りを加えた。

「あふっ」

綾子が上擦った声で言い、大胆に腰をくねらせる。

多門はスラストを速めた。肌と肌が烈しくぶつかる。そのたびに、湿った淫靡な音がたった。刺激的だった。

数分経つと、綾子が急に昇りつめた。すぐに全身を甘く震わせはじめる。内奥の緊縮感が鋭い。快感のビートも伝わってくる。

多門は、ダイナミックに動きはじめた。

少し経つと、体の底に引き攣れるような感覚が訪れた。爆ぜる予兆だ。

多門は猛獣のように唸りながら、勢いよく射精した。ほぼ同時に、綾子が高く唸った。

スキャットに似た声は長く尾を曳いた。途切れそうになりながらも、甘やかな声は熄まなかった。

二人は余韻を味わってから、体を離した。多門は綾子の横に身を横たえた。

綾子が紗のかかったような目でほほえみ、多門の肩に火照った頬を押しつけてきた。

「次から、わたしが東京に会いにいくわ」

「急に、なんでそんなことを？」

「ここ一週間ぐらい前から、探偵社の調査員がわたしを付け回してるのよ。多分、土屋が雇ったんでしょうね」

「かもしれないな」

多門は短く答えた。綾子のパトロンの土屋隆之は貸ビル会社の社長だった。もう六十歳近い。

「土屋は、港仁会の中尾修二って大幹部と親しいの」

「港仁会ってのは、伊勢佐木町を縄張りにしてる新興組織だったな」

「そう。あっ、もしかしたら……」

綾子が跳ね起き、早口で痣をこしらえた理由を問いかけてきた。

多門は、かいつまんで説明した。

「中華街の裏通りで刃物を振り回した男たちは、港仁会の者かもしれないわ。おそらく土屋が中尾って男に頼んで、あなたを襲わせたのよ」

「そいつは考えすぎじゃないか」

多門は言った。

綾子と同じ疑いを抱いていたが、それを口にはできなかった。彼女に負い目を感じさせたくなかったのだ。

綾子が安堵した顔になった。多門は小さく笑った。

4

「多門さん、救けて！　ここは……」

留守番電話に録音されていた伝言は、それだけだった。

声の主は三谷志穂だ。連絡の取れなくなった四人の女友達のひとりだった。只事ではなさそうだ。多門は、固定電話の録音音声をリピートした。

代官山にある賃貸マンションの自分の部屋だ。綾子を山手のマンションに送り届け、少し前に帰宅した。

もう午後三時を回っている。明け方まで綾子と肌を求め合い、ホテルではわずか数時間しか眠っていなかった。しかし、眠気は消し飛んでいた。

ふたたび録音音声を聴いてみる。

切迫した喋り方だ。声には怯えも感じられる。明らかに、いつもとは様子が違う。志穂の身に何が起こったのか。

多門は、狼狽と不安を同時に覚えた。

二十六歳の志穂は明るい性格だ。一年半のつき合いだが、これほど深刻な声は聞いたことがない。

何があったのだろうか。多門は、混乱と憤りで全身が熱くなった。

志穂は、お気に入りの女性だった。五本の指に入る。肌の色はあまり白くないが、個性的な美人だった。プロポーションも悪くない。

頭の回転が速く、商才もある。

志穂は若いながらも、バンケット派遣会社を経営していた。三十人ほどのパーティー・コンパニオンを抱えている。志穂も、以前はコンパニオンの仕事に携わっていた。

多門は禍々しい予感を覚えた。

連絡の取れない残りの三人の彼女の安否も気がかりだった。

親密な異性の連絡先は、すべて頭の中にインプットされている。いちいちスマートフォンの登録を確かめる必要はなかった。

最初に電話をしたのは、奈良沙織のマンションだった。

コールサインが虚しく鳴っているだけだ。沙織は宝石デザイナーである。代々木上原にあるマンションの一室を自宅兼事務所にしていた。二十九歳だった。

どこか頽廃的な危うさを秘めた美女だ。不倫体験を重ねてきたせいか、男の体を識り抜いていた。それでいて、慎みも忘れていない。昇りつめるときは、必ず自分の指を噛む。圧し殺された悦びの声は、充分に男の欲情を刺激した。

比企千晶にも連絡がつかなかった。

二十五歳の千晶は、ある小劇団の看板女優だ。芝居だけでは喰えないとかで、劇団の仲間たちと便利屋を兼ねた運転代行業を営んでいる。

A級ライセンスも持っているはずだ。スキューバ歴も長い。

千晶は、あっけらかんと性愛を愉しむタイプだった。その点で、多門とは波長が合う。リゾートホテルのプールの中で体を繋ぎ合ったこともある。

最後に電話をした松永未来も、旅行会社を無断欠勤したままだった。自宅にもいなかった。

二十四歳の未来は、ツアーコンダクターだ。将来、旅行代理店を興すことを夢見ている。

やや細身だが、体は軟らかい。

未来はアクロバチックな体位で交わると、乱れに乱れる。そのくせ、行為中に真顔で文学論などを吹っかけてくる。少々、エキセントリックだった。

どうやら四人とも、優雅に遊び回っているわけではなさそうだ。彼女たちの身に、いったいどんな異変があったのか。心配でならない。

多門は煙草に火を点け、考えはじめた。

行方の知れない四人に共通していることは、一点しかなかった。それは、彼女たちが多門と親密な関係にあることだけだ。四人が消えたことと自分は無関係ではないだろう。

多門は煙草の火を消し、特別誂えの長大なベッドから腰を上げた。

寝室を出て、隣のダイニングキッチンに移る。スペースは八畳ほどだ。テーブルセットを置いてある。間取りは1DKだった。家賃は駐車賃料や管理費を含めて、月額二十三万円だった。

最近は家賃の支払いが辛い。すでに二カ月分、滞納している。このまま失業状態がつづけば、もっと安い塒に引っ越さなければならなくなるだろう。

志穂たちは、どこにいるのか。何者かに拉致されたのかもしれない。

多門は意味もなく、食堂テーブルの周りを巡りはじめた。

ちょうど五周したときだった。部屋のチャイムが鳴った。インターフォンの受話器は取らずに、多門は玄関ホールに向かった。

ドア・スコープを覗く。

来訪者は三十歳前後の男だった。初めて見る顔だ。セールスマンではないだろう。

多門は幾らか警戒しながら、玄関のドアを開けた。

「妹はどこだっ。どこにいるんだ？」

相手が切り口上で言った。

「誰なんだ、そっちは！」

「三谷志穂の兄だよ。妹をどうする気なんだっ」

「なんか勘違いしてんじゃないのか？」

「志穂にうまいことを言って、どうせヒモになるつもりなんだろうが！　妹は連れて帰るぞ。同棲なんか認めない！」

「おれがヒモに見えるかっ」

多門は声を張り、男を睨めつけた。

男の目は、志穂のそれとそっくりだ。兄に間違いないだろう。

「ああ、見えるな」

「な、なめんでねっ」

多門は激昂し、男の胸倉を摑んだ。興奮するたびに舌が縺れて、岩手弁が出る。

相手は百七十四、五センチの背丈だった。爪先立つ恰好になった。

「あんた、妹には空間プランナーとか言ってるようだが、そんな話は信じないぞ。ただのス、スケコマシなんだろっ」

男の声は少し震えていた。多門の巨体に恐れをなしたようだ。顔も蒼かった。

多門は片手で、男を押した。手加減したつもりだったが、男は廊下の壁に背をぶち当てた。反動で前にのめり、両手を廊下につく。

男が起き上がりながら、悔しげに喚いた。

「警察を呼ぶぞ！　妹を返せっ」

「し、志穂は、ここにはいねえって言ってるべ」

多門は語気を強めた。

「嘘つけ！」

男は言い募り、ばかでかい声で妹の名を叫びつづけた。少し経ってから、多門は口を開いた。

「へ、返事がねえべ？」

「妹はあんたに騙されて、部屋のどこかで息をひそめてるんだろう」

「おめ、ど、どこまで他人さ疑ぐるんだっ」

「頼む、部屋の中を調べさせてくれないか」

男が急に哀願口調になった。

多門は怒りが萎えた。吊り上げた太い眉を和ませ、無言でドアを大きく開ける。相手に哀れみを覚えたのだ。男がせっかちに靴を脱いで、部屋の奥に走った。

多門は一瞬、男に固定電話の伝言音声を聴(き)かせる気になった。妹の声を聴けば、納得するだろう。だが、すぐに思い留(とど)まった。

男は当然、テープを警察に持ち込む気になるにちがいない。そうなったら、多門は動きにくくなる。

数分後、男が戻ってきた。

「どうも大変失礼なことをしてしまって……」

「用が済んだら、さっさと帰ってくれ」

多門は言った。

男は無言で靴を履(は)き、そそくさと廊下に出た。入れ違いに、郵便配達員が多門の部屋に速達小包を届けにきた。志穂の兄と称した男が逃げるように去った。

多門は速達小包を受け取って、ダイニングキッチンに戻った。

差出人の中村一郎(なかむらいちろう)という名には、まるで心当たりがなかった。住所は神奈川県の鎌倉(かまくら)市になっている。

多門は速達小包に耳を近づけた。

針音は聞こえなかった。押してみると、中身は布のような感触だった。危険物ではなさそうだ。

多門は椅子に坐り、梱包を解いた。

なんと中身は、透明なビニール袋に入った女のランジェリーばかりだった。新品ではなかった。多門は並の人間よりも嗅覚が鋭い。関わりのある女性の肌の匂いは、だいたい嗅ぎ分けることができる。彼女たちの好む香水も知っていた。

多門は、ビニールの中身を食堂テーブルの上にぶちまけた。官能を刺激するような匂いが立ち昇ってきた。

シルクのデザインショーツを手に取る。

持ち主は志穂に間違いない。スキンベージュのボディースーツは沙織のものだ。

ハーフカップのブラジャーには、千晶の体臭が仄かに付着している。パーリーブルーのスリップには、未来の好みのボディーローションの香りがうっすらと染みている。

四人とも拉致されたということか。きっと素っ裸にされて、どこかに監禁されているにちがいない。親しい間柄の四人は、セックスペットにされるのか、そうではなく、彼女たちは快楽殺人の生贄として何者かに連れ去られたのだろうか。

多門は胸が裂けそうになった。

四人とも愛しい女性だ。そういう彼女たちが屈辱的な思いをさせられていると考えると、狂暴な感情が突き上げてきた。

「ちくしょう、どういうつもりだ！　赦(ゆる)せねえっ」

多門は吼(ほ)えた。

部屋でじっとしていても、仕方がない。どうせ中村一郎などという名は、でたらめだろう。調べる時間が無駄になる。四人の失踪前の足取り調べが先だ。

多門は椅子から立ち上がって、着替えに取りかかった。

少し迷ってから、ツイードジャケットを着る。下は、炭色のウールスラックスにした。ソックスは黒だった。巨身の多門には、国産の既製品は体に適(あ)わない。下着を除いて身に着けるものは、たいてい外国製かオーダーメイドだった。しかし、いまは服をオーダーするゆとりはなかった。

多門は電話機の留守録ボタンを押し込んで、六階の自宅を出た。

午後四時を回っていた。エレベーターで地下駐車場まで降り、カローラに乗り込む。気が急(せ)いていたからか、ステアリングに左の肘(ひじ)を打ちつけてしまった。

肩を竦(すく)め、エンジンを始動させる。

三度目で、ようやくエンジンがかかった。最初は志穂の会社に行くことにした。彼女のオフィスは北青山(きたあおやま)にある。秩父宮(ちちぶのみや)ラグビー場の裏手のあたりだ。

多門は車を発進させた。

近くの八幡(はちまん)通りをたどって、青山通りに出た。風が強い。車道の上を新聞紙が舞っていた。

道行く人々は、髪の毛やコートの裾(すそ)を手で押さえている。

街路樹の葉はあらかた落ち、裸木(はだかぎ)に近かった。

ふと多門は、後続の灰色のプリウスが気になった。危険を予知する動物の勘だった。

自宅マンションを出たときから、後続車はずっと同じ道を走行している。横浜ナンバーだった。

運転席の男は四十八、九歳に見える。筋者(すじもの)ではなさそうだ。しかし、気になる車だった。

青山三丁目の交差点から、南青山に入る。依然として、プリウスは尾(つ)けてくる。

多門は、男の正体を探(さぐ)る気になった。

左手に青山霊園が見えてきた。少し走ると、墓地内を貫(つらぬ)いている広い車道にぶつかった。

そこを左に折れ、すぐに右の細い道に車を突っ込む。

プリウスは脇道には入ってこなかった。

多門は外に出た。墓参に訪れた振りをして、霊園の中に入る。すぐに繁みに身を隠した。

少し待つと、走る靴音が響いてきた。プリウスに乗っていた男が石畳を小走りに走りながら、左右を見回している。中背だが、痛々しいほど痩せていた。

多門は男を充分に引き寄せてから、ひょいと長い脚を伸ばした。

男が足を掬われ、石畳の上に転がった。茶系のスリーピースが土埃に塗れた。

多門は、羆のようにのっそりと男に近寄った。

男が起き上がって、逃げようとした。怯えた顔つきだった。多門は踏み込んで、男の腰を蹴った。ふたたび男が石畳の上に転がり、呻き声を洩らした。もろに顔面を打ったようだ。

「何を嗅ぎ回ってるんだっ」

多門は片腕だけで、男を摑み起こした。

男は口を開かなかった。額や頬の擦り傷に血がにじんでいる。

「入院したいらしいな」

「乱暴はやめてくれ。わ、わたしは探偵社の者だよ」

「名前は？」

「秋山、秋山清秀だ」

「何を探ってた？」

「それは言えない。依頼人に迷惑をかけるわけにはいかないからね」

男が自分に言い聞かせるように呟いた。

多門は直線的な唇をわずかに歪め、秋山と名乗った男の両眼を二本の指で軽く突いた。眼球の形が、はっきりと指先に伝わってきた。

秋山が雄叫びめいた声をあげ、その場にうずくまった。

「喋る気になったか？」

「お、おたくの女性関係を調べてたんだよ」

秋山が指の腹で上瞼を揉みほぐしながら、か細い声で言った。

「依頼人は？」

「どうかそれだけは……」

「手間かけさせんな！」

多門は言うなり、秋山の喉元を軽く蹴った。

秋山は達磨のように後ろに引っくり返り、横倒しに転がった。不様な恰好だった。

「土屋ビルディングの社長さんだよ」

秋山が喉をさすりながら、弱々しく言った。

「なんだって、おれの女関係を調べる気になった？」

「土屋さんは最初、園部綾子さんの男性関係を調べて欲しいと言ったんだ。それで、おたくのことがわかったんだよ。わたしは調査の結果をありのままに報告した」

「依頼人の反応はどうだった？」

「土屋さんは、調査報告書を綾子さんに突きつける気だったらしいんだ。しかし、それはできなかったそうだよ。土屋社長は、心底から綾子さんに惚れてるんだろうね」

「余計なことは喋るんじゃねえっ。話をつづけろ！」

「は、はい。土屋さんはおたくの派手な女性関係の証拠を掴んで、綾子さんにその事実を話すつもりだったんだよ。つまり、綾子さんにおたくを諦めさせようと……」

「どこまで調べた？」

「ほんの少しですよ」

「女たちの名を挙げろ」

多門は野太い声で命じた。

秋山は短くためらってから、九人の名を口にした。いずれも、多門とわりない関係の女性ばかりだった。その中に、消息不明の四人の名も含まれていた。

「それは、もう土屋に報告済みなのか？」

「ええ、四、五日前にね」

秋山がそう答えながら、のろのろと立ち上がった。

綾子を寝取られた腹いせに、土屋が志穂たち四人を拉致したのか。そうだとすれば、昨夜、襲いかかってきた男たちは港仁会の者だろう。多門は、そう推測した。

「わたしのこと、恨まないでくださいよね。浮気の調査は気が進まなかったんですが、女房子供がいるものだから」

「言い訳するな」

多門は怒鳴って、秋山のこめかみを肘で弾いた。

秋山は近くの墓石まで吹っ飛び、玉砂利の上に倒れた。そのまま、しばらく起き上がらなかった。多門は土屋のオフィスと自宅の住所を吐かせると、秋山を放免した。秋山は脚を引きずりながら、逃げていった。

多門は車に戻り、志穂の事務所に向かった。

5

鈍い衝撃があった。

車体が弾んだ。上体も前にのめった。

多門は反射的にルームミラーを仰いだ。すぐ後ろに、赤いBMWがへばりついている。5シリーズだった。まだ真新しい。

多門はカローラを左に寄せた。憤然と車を降りる。

青山霊園から、わずか数百メートル離れた裏通りだった。赤信号で停止しているとき、後続車に追突されたのだ。

ＢＭＷが五、六メートル後退し、路肩いっぱいに停まった。

多門は運転席を覗き込んだ。そのとたん、怒りが薄らいだ。ドライバーは、目の醒めるような美人だった。
二十七、八歳だろうか。色白で、気品があった。
それでいて、整った瓜実顔には熟れた色気が宿っている。好みのタイプだった。

黒曜石のような瞳は潤んだような光をたたえている。鼻は高くて細い。唇は小さめだったが、ほどよい厚みがある。何度も吸いつきたくなるような唇だった。

相手が慌てた様子で、外に出てきた。

紫色のニットドレス姿だった。真珠のネックレスが似合っている。イヤリングも真珠だった。プロポーションがいい。といっても、モデルのように痩せぎすではなかった。バストは誇らしげに突き出ている。

ウエストのくびれも深い。腰は豊かに張っていた。蜜蜂のような体型だった。多門は束の間、見惚れてしまった。

「ごめんなさい。お怪我はございませんでした？」

「ああ。そっちは？」

「こちらは大丈夫です。本当にすみませんでした。どうかお赦しください」

相手が深々と頭を下げた。緩めにパーマをかけた髪が優美に揺れた。

バッグとパンプスは対だった。微妙な色合で、なかなかシックだ。

美しい女が、カローラのリア・バンパーのあたりを覗き込んだ。

「やはり、バンパーを少し傷めてしまったんですね。申し訳ありません」

「気にしないでくれ。廃車寸前のポンコツだからな」

多門は、相手のかたわらにたたずんだ。

ＢＭＷのフロントグリルに目をやる。フロントバンパーのクッションが少しだけ傷ついていた。

「そっちの車も傷んでしまったな」

「それはいいんです。本当に、ご迷惑をおかけしました。わたくし、佐伯真理加という者です」

女がそう名乗り、運転免許証を呈示した。

多門は抜け目なく、生年月日を読んだ。美女は二十八歳だった。年齢の割には、物腰が落ち着いている。

多門は、佐伯真理加に強く魅せられた。

一目惚れだった。女性に心を奪われると、やみくもに突っ走ってしまう。それが多門の恋愛パターンだった。

「勝手なお願いですけど、損傷はそれほど大きくありませんので、当事者同士のお話し合いということにしていただけませんでしょうか？」

「示談も何も、こっちは無傷同然だよ」

「でも、後で鞭打ち症が出ることもあるようですので、これから病院にお連れします。治療費は、もちろん、そちらさまのお車の修理代は全額こちらで負担させていただきます」

「どっちも心配しないでくれ」

「そういうわけにもいきません。それでは何か後遺症が出ましたら、すぐにご連絡いただけます？　修理代の請求書は、こちらにお回しください」

真理加が婦人用の小型名刺を差し出した。

和紙だった。『ギャラリー佐伯』というゴシック体の活字が目を惹いた。

「そっちは、画廊を経営してるのか」

「小さなギャラリーなんです」

「それでも、たいしたもんだ」

「失礼ですが、お名前を教えていただけませんでしょうか」

「多門だよ、多門剛だ」

「ご連絡先を教えてもらえます？」

真理加がバッグから、かわいらしい白い手帳を抓み出した。

多門は自宅の電話番号を教えた。スマートフォンのナンバーも付け加えた。真理加がそれをメモし、手帳をバッグに戻す。

志穂たち四人のことが気になるが、ここで、美女と別れるのは惜しい。

多門は逞しい首筋に手を当て、大げさに顔を歪ませた。

「お首、痛むんですね？」

「うん、ちょっと」

「すぐに病院で診ていただきましょう」

「いや、たいしたことないと思う。ただ、少し疼くんだ」

「よろしかったら、わたしの画廊にいらっしゃいません？　ここから、車ですぐですので」

「それじゃ、少し休ませてもらおうか」

「どうぞ、どうぞ！　わたしが先導いたします」

真理加が、慌ただしくドイツ車に乗り込んだ。

多門もポンコツ車の中に入った。ＢＭＷが走りだすのを待つ。

ほどなく二台の車はスタートした。

『ギャラリー佐伯』は南青山にあった。青山通りから、一本脇に入った通りに面していた。テナントビルの一階だった。

看板は小さかった。ほとんど目立たない。地下二階のガレージに車を入れ、一階の画廊に上がる。

ギャラリースペースは三十畳ほどだった。客の姿は見当たらない。事務の仕事をしているのか、清楚な感じの娘がにこやかに迎えてくれた。まだ二十歳そこそこだろう。

三面の壁には、バランスよく絵が飾られている。油彩画が圧倒的に多い。残りは水彩画と版画だった。日本画は一点もなかった。馴染みのない絵画ばかりだった。多門は美術には、まるで疎かった。

ギャラリーの奥に応接室を兼ねた事務室があった。

多門は、そこに通された。モケット張りの長椅子に腰かけると、真理加が首筋に冷たいタオルを宛がってくれた。

そのとき、彼女のしなやかな指先が肌に触れた。多門はどぎまぎした。

「いま、店の者に冷湿布を買いに行かせましたので……」

「湿布だなんて、オーバーだな」

「やはり、冷やしたほうがいいと思います」

真理加が言って、優美な足取りで衝立の向こうに消えた。

多門は煙草に火を点けた。紫煙をくゆらせながら、周囲を眺め回す。

衝立の向こう側にマホガニーの机があった。真理加のデスクだろう。正面の壁には、かなり大きな水彩画が掲げられている。ベニスあたりの風景画だった。

五分ほど過ぎると、真理加が洋盆を持って戻ってきた。

盆の上には、二つのコーヒーカップが載っている。マイセンだった。

真理加が、センターテーブルの上に二つのコーヒーカップを置いた。パーリーピンクのマニキュアが何とも美しい。

「熱いうちに、どうぞ召し上がってください」

「悪いね。いただこう」

多門はブラックで飲みはじめた。

「何かスポーツをおやりになってらっしゃったんでしょう?」

「もうだいぶ昔に柔道や拳法をちょっと……」

「それで、そんなに逞しいお体なのね」

「体ばかりで、頭のほうはさっぱりなんだ」

「ご冗談ばっかり！」

真理加が控え目に笑い、コーヒーカップに口をつけた。

無意識に多門は、真理加の赤い唇を見つめていた。その視線に気づいたらしく、美人画商が長い睫毛をいくぶん伏せた。

取り留めのない話をしていると、女性従業員が外から戻ってきた。

真理加は、すぐにソファから立ち上がった。剝がした濡れタオルを女性従業員に渡し、冷湿布を貼ってくれた。そのときも、彼女の指先が触れた。指の温もりが優しかった。

女性従業員が歩み去ると、ふたたび真理加は多門の前に坐った。

「商売、うまくいってるの？　何度目かの美術ブームなんだってね」

「でも最近は、絵画を投機目的で買われるお客さまはめっきり減りました」

「景気が冷え込んでるからな」

「そうですね。だけど、わたくしはそのほうがいいと思っています。美術品を利殖の対象にしているうちは、日本人の文化水準も……」

真理加が語尾を呑んだ。

会話は滑らかには進まなかった。それでも多門は、真理加のプライベートなことも少し知ることができた。

真理加は数年前、亡夫の仕事を継いだらしかった。多門は彼女が未亡人と知って、何やら嬉しくなった。真理加は婚家を出て、マンションで独り暮らしをしているという話だった。ならば、接近するチャンスは多いのではないか。そう遠くない日に、美人画商を口説けるかもしれない。

「店、ちょっと空けられるかな?」

多門は訊いた。

「また、痛みだしたんですね」

「そうじゃないんだ。とにかく、外に出よう」

「はあ?」

真理加が小首を傾げた。誘いの言葉が足りなかったようだ。

「BMWを傷めたから、何かお詫びをしたいんだよ。この近くで、食事でもどう?」

「お詫びをしなければならないのは、わたくしのほうです」

「だったら、つき合ってもらいたいな」

多門は勢いよく立ち上がった。半ば強引に真理加を外に連れ出す。

小粋な料理屋だった。

真理加に案内された店は青山通りに面していた。

店内は細長い。L字形のカウンター席があり、奥まった場所に小上がりがあった。

まだ時間が早いせいか、客の姿は見当たらない。口開けの客になったようだ。

中年の肥えた仲居に導かれ、多門と真理加は奥にある小上がりに上がった。襖はなかった。小上がりは雅な造りで風情があった。

多門は、漆塗りの座卓に着いた。

真理加が向かい合う位置に坐り、酒と料理を注文した。仲居は、じきに下がった。

どこから見ても、いい女だ。志穂たち四人には悪いが、ちょっと道草を喰わせてもらおう。

多門は後ろめたさを感じつつ、美人画商をしみじみと見つめた。

それにしても、『逢初橋』とは何とも粋な店名ではないか。ここにいるだけで、自分と真理加の間に何かが芽生えるような気がしてくる。

「お仕事のこと、うかがってもよろしいかしら？」

真理加が灰皿を多門の方に押しやりながら、遠慮がちに問いかけてきた。

「便利屋みたいなことをやってるんだ」

「ご結婚は？」

「おれに騙されるような間抜けな女が見つからなくて……」

「ふふっ。多門さんは、ちょっと露悪趣味がおありなのね」

「そっちの商売も大変そうだな」

多門は話題を変えた。自分に関する話は、どうにも照れ臭かった。

「今後は、この業界も生き残り合戦ですね」

「商売、そんなに大変なのか」

「絵画の値が高くなりすぎたんですよ」

「絵のことはよくわからないが、新米が描いた絵なら、おれにも手が届きそうだな」

「あっ、誤解なさらないでください。そういう意味で申し上げたわけではないんですので」

「わかってるよ」

多門は大きくうなずいて、煙草をくわえた。

沈黙が落ちた。一服し終えたころ、首尾よくビールとお通しが運ばれてきた。お通しは川海老の唐揚げだった。

二人はビールで乾杯した。

多門はひと息で飲み干した。真理加は、ほんのひと口含んだきりだった。会話は、あまり弾まなかった。二人は黙しがちに飲みつづけた。

やがて、形よく盛りつけられた旬の料理が卓上に並んだ。

とろろの湯葉包み揚げ、栗おこわ、百合根の煮付け、鮟鱇の肝などに松葉があしらってある。八寸と呼ばれているものだろう。

高そうな店だ。手持ちの金で間に合うだろうか。

多門は出された料理を見て、少し不安になった。女性を誘っておいて、逆に奢られたりしたら、みっともない。

しかし、飲むうちに、小さなことはどうでもよくなった。

酒豪の多門はビールでは物足りなくなった。仲居を呼んで、燗酒を頼む。

椀ものが運ばれ、刺身の盛り合わせが並んだ。多門はすぐに箸を伸ばした。

魚介類はどれも新鮮だった。だが、量が少なすぎる。多門の心中を見透かしたように、真理加が言った。

「男性にはコースのお料理じゃ、ちょっと物足りないですよね。単品ものもいろいろございますので、お好きなものをどうぞ」

「そうするか」

多門は鰤の塩焼き、鱧の蒲焼き、鰈の蒸し焼きなどを次々に注文した。

追加注文した料理を平らげたころ、店に男の客がふらりと入ってきた。なんと知人の不破雄介（ゆうすけ）だった。

不破は経営コンサルタントである。四十一歳だ。五カ月ほど前に、赤坂（あかさか）のナイトクラブで親しくなった飲み友達だった。多門は、なんとなく厭（いや）な予感を覚えた。

不破は知的な容貌で、上背もある。羽振りもよく、話題も豊富だ。服装の趣味も悪くない。加えて独身だ。

不破がカウンター席に腰を下ろしかけた。

多門は短く迷ってから、不破に声をかけた。

「妙な所で会うな」

「なんだ、きみか」

不破が顔全体で笑い、真理加に会釈（えしゃく）した。

真理加が深く目礼する。黒々とした瞳には何か優しい光がにじんでいた。どうやら女社長は、マスクの整った不破に興味を持ったようだ。

多門は、真理加と二人だけで過ごしたいという気持ちが強かった。だからといって、不破に素っ気（そっけ）ない態度は取りたくない。男の見栄だろうか。

「誰かと待ち合わせかな？」

「いや、気まぐれでここに吸い寄せられただけなんだ」

「だったら、こっちで一緒に飲もうよ」

思わず言ってしまってから、多門は後悔した。

「お邪魔なんじゃないの？」

「そういう間柄じゃないんだ」

「それじゃ、ご挨拶だけでもさせてもらうか」

不破がいくらか照れながら、緩やかな足取りで歩み寄ってきた。

渋いグレイのスリーピースに身を包んでいる。妬ましくなるほど人目を惹く。彫りの深い顔立ちだった。

濃い眉はきりりとし、くっきりとした目はいかにも利発そうだ。鼻は欧米人のように高い。唇も引き締まり、男性的だ。それでいながら、顔全体に甘さがある。銀座や赤坂のホステスたちが夢中になるわけだ。

多門は、不破と真理加を改めて引き合わせた。

二人は礼儀正しく自己紹介し合い、名刺を交換した。多門は不破を自分の横に坐らせ、酒と料理を注文した。それから真理加と知り合った経緯を話す。不破はにこやかな顔で、耳を傾けていた。

真理加が多門と不破を等分に見ながら、どちらにともなく問いかけた。

「お二人は長いおつき合いなんですか？」

「いや、まだ半年足らずのつき合いだよ。飲み友達なんだ」

多門の言葉を、不破が引き取った。

「それがおかしな出会いでしてね、ぼくら二人は同じホステスを目当てに赤坂のクラブに夜ごと通ってたんですよ。それで、ある夜、鉢合わせしてしまったんです」

「あら、まあ」

「それが傑作というか、何というか、どちらもカトレアの花束を抱えてたんですよ。そんなことがあって、すっかり仲良くなったわけです」

「本当に、ちょっと変わった出会い方ですね」

真理加が控え目に笑った。

不破は弁舌さわやかで、他人の気を逸らさない。美人画商に好印象を与えることは間違いないだろう。

不破は真理加と談笑中に時々、思い出したように自分の右の耳をいじった。

多門と一緒に飲み歩いているときに、よくやる仕種だった。別に、そこが痒いわけではないようだ。一種の癖なのだろう。それがまた、ホステスたちの間で可愛いと評判だった。

不破が盃を呷った。いい間合いで、真理加が酌をする。

少し頑張らないと、不破に油揚げをさらわれそうだ。

多門はそう思いながら、煙草に火を点けた。

「経営コンサルタントさんには、なかなかなれないんでしょ？　ご立派だわ」

「その肩書は、商売上のはったりなんですよ。実は、そんな大層な仕事をしているわけじゃないんです。隙間（ニッチ）ビジネスで何とか食べてるんですよ」

「具体的には、どんな仕事をなさってるのかしら？」

真理加が甘えるように言って、不破に色っぽい眼差（まなざ）しを向けた。

不破がやに下がって、すぐに応じた。

「主に、アメリカのハイテク技術のロイヤルティーに関する契約代行をやってるんです」

「契約代行とおっしゃいますと……」

「要するに、特許使用料の取り立てですね。たとえば集積回路（IC）の技術特許の大半は、向こうのメーカーが持ってるんです」

「難しそうなお仕事ですね」

「なあに、誰にでもできる仕事です」

不破が、ようやく口を結んだ。

真理加は不破の顔をまじまじと見つめていた。憧（あこが）れと尊敬の念を抱きはじめたようだ。

不破が仕事のことを詳しく話したのは初めてだった。

これまで何度も一緒に飲み歩いたが、彼はめったに自分のことは話さなかった。経営するコンサルティングの会社が赤坂にあることや、不破が白金（しろかね）の高級マンションで暮らしていることを知ったのは、ごく最近のことだ。

そういうタイプの人間だから、他人の生き方や暮らしにはあまり興味を示さない。多門は、プライベートなことはほとんど訊かれた憶（おぼ）えがなかった。

これ以上、不破に点数を稼がせたくない。多門は頭の中で、懸命に話題を探した。

口を開きかけたとき、不破が先に真理加に話しかけた。

「画廊経営なんて、素敵なお仕事だなあ。羨（うらや）ましいですよ」

「絵画はお好きなんですか？」

「ええ。若いころは、野獣派の画家たちに強く魅（み）せられました」

「たとえば、どんな画家にでしょう？」

真理加が目を輝かせる。

「ぼくはアンドレ・ドランが好きでした。なんでもない静物画にも、地中海的な開放感があふれててね。あなたのほうは？」

「後期印象派のゴッホやロートレックが好きなんです」

「なんとなくわかりますよ。あなたも情熱的なんだろうな」

「さあ、どうなんでしょう？」

真理加は謎めいた微笑を浮かべた。

不破が、目でほほえみ返す。二人の間に濃密な空気が漂いはじめたようだ。

多門は焦りを募らせた。

知性やルックスでは、とうてい不破には太刀打ちできない。体力や精力なら、誰にも負けない自信がある。この場で、まさか片手だけの腕立て伏せをやるわけにもいかない。

二人の美術談義は、いっこうに終わりそうもなかった。

退屈だった。多門はひたすら飲み、食べまくった。

不破が唐突に真理加に訊く。

「あなたは船酔いなさるほうかな？」

「船には割に強いほうです。それが何か？」

「それなら、一度、クルージングにつき合っていただきたいな。中古ですが、フィッシング・クルーザーを所有しているんですよ」

「クルージングですか。素敵だわ」

真理加が小娘のようにはしゃいだ。

「近々、どうです？　二人だけじゃ何ですから、多門ちゃんと三人でクルージングを愉しみましょうよ。定休日は、いつなんです？」

「明後日が定休日なんです。でも、知り合ったばかりの方に甘えるのは、あまりにも厚かましすぎますでしょ？」

「なあに、遠慮はいりませんよ。多門ちゃんもつき合ってくれるね」

「もちろん！」

多門は、あっさり同意した。今夜は不破に花を持たせて、海の上で遅れを取り戻そう。そう考えたのだ。

自然に海の話になった。

ふたたび不破が蘊蓄を傾けはじめた。真理加が感心した顔で、いちいちうなずく。

今度も、点数を稼げそうもない。多門は手酌で飲みつづけた。

三人が店を出たのは、およそ二時間後だった。

店の前で、それぞれが散った。多門は車を志穂のオフィスに走らせた。だが、事務所のドアはロックされていた。結局、従業員に会うこともできなかった。

残りの三人の消息もわからない。多門は徒労感を味わいながら、家路についた。

6

路面で雨足が躍っている。

土砂降りだった。伊勢佐木町商店街は、いつになく人気が少なかった。

多門は屋台で、コップ酒を傾けていた。

燗をつけた二級酒だった。屋台は、商店街から少し奥に入った路地に出ている。

おでんの屋台だった。多門のほかに客はいない。

真理加や不破と『逢初橋』で飲んだのは昨晩だ。

多門は港仁会の中尾修二を締め上げるつもりで、小一時間前から張り込んでいた。

もう午後九時近い。

屋台の斜め前に、七階建てのビルがそびえている。そこの一階が港仁商事のオフィスだった。港仁会の大幹部の中尾修二が、その商事会社の代表取締役を務めていた。

港仁商事は、港仁会の企業舎弟だった。伊勢佐木町一帯の飲食店におしぼりや酒のつまみを卸したり、中古ゲーム機を東南アジアの国々に輸出しているらしかった。中古バイクの輸出も手がけているようだった。

中尾がまだ事務所にいることは、さきほど電話で確認済みだ。

顔も見ている。事務所に偽電話をかけて、近くの喫茶店に呼び出したのである。

中尾は猪首の小男だった。
五十一、二歳だろう。ダイヤをちりばめた金無垢の腕時計をしていた。カルティエのパンテールだった。成金や筋者たちが好む時計だ。
ここに来る前に、多門は関内駅の近くにあるビルディングのオフィスを訪ねた。

エントランスロビーに入りかけると、救急車がビルの前に停まった。担架を持った二人の救急隊員が、あたふたとビルの中に駆け込んだ。

少し経つと、奥から担架が運び出された。

担架に横たわっていたのは土屋隆之だった。綾子のパトロンは心臓マッサージを受けながら、苦しげに唸っていた。土屋を乗せた救急車はすぐ走り去った。

多門は、一度だけ綾子の店で土屋と鉢合わせをしたことがあった。

当然、彼のほうはただの客を装いつづけた。そのときに、何かの拍子に二人の視線がもろにぶつかった。それで、土屋の顔をはっきりと憶えていたのだ。

多門は土屋を直に締め上げる気でいた。

しかし、まさか救急病院の病室に押し入るわけにはいかない。そこで、中尾のほうを痛めつける気になったのだ。

酒が空になった。多門は六杯目の燗酒を頼み、雁擬きを口の中に放り込んだ。それは、すっかり冷たくなっていた。

六十年配の主が大徳利を傾けながら、話しかけてきた。

「よく降りますねえ」

「そうだね」

「この降りじゃ、今夜はもうお客さんで仕舞いだな」

主が愚痴っぽく言った。

多門は、湯気の立ち昇る鍋に目を落とした。おでん種はたっぷり残っている。

主が所在なげに、おでん汁を円い杓子で掬いはじめた。掬った汁を種に均等に振りかけ、また同じ動作を繰り返す。

多門は熱い酒を半分ほど呷り、左手首の時計を見た。

九時を過ぎている。この分では、もう客は来ないかもしれない。多門はほとんど前歯のない主に少しだけ同情した。

それにしても、きょうは忙しい一日だった。

多門は正午過ぎに知り合いの闇金融業者に手持ちの衣服を持ち込み、半ば強引に百三十万円を借りた。その足で『ギャラリー佐伯』に向かい、中堅画家の裸婦像を買った。

十号の油彩画で、価格は百二十五万円だった。買った絵は数日中に自宅に届けてもらえるだろう。美人画商は素直に喜んでくれた。志穂たち四人のことも気がかりだったが、真理加の歓心を買わずにはいられなかったのだ。

美人画商の笑顔を見て、多門は大いに満足した。惚れた女性には、物心両面で尽くしたい。現に金回りのよかったころは、好きになった相手にありったけの札束と愛情を惜しみなく捧げてきた。どちらも出し惜しみしたことは一度もない。みみっちい愛情表現は、自分の性に合わなかった。

気に入ったホステスの喜ぶ顔が見たくて、店ごと一晩借り切ったことは数えきれない。

相手の欲しがるものは何でもプレゼントした。ロシアン・セーブルのコートや高価なピンクダイヤの指輪を買い与えたこともある。

分譲マンションの残債や高級外車のローンを肩代わりもした。女性たちを旅行に連れ出し、山海の珍味をたらふく喰わせてもやった。

散財しすぎて、丸ひと月もインスタント食品で飢えを凌いだこともあった。それでも、後悔したことはただの一度もなかった。

異性に尽くして、快楽を分かち合うことが多門の生きがいだった。事実、それが明日への活力源にもなった。恋敵が出現すれば、いっそう闘志を燃やすタイプだった。

急いで絵を購入する気になったのは、逆転ホームランを狙ったからだ。

昨夜、多門は不破に差をつけられてしまった。彼がトイレに立った隙に、不破は『逢初橋』の勘定を済ませていた。

粋な奢り方だった。真理加を誘った多門は、なんとも恰好がつかなかった。不破に出し抜かれたことが癪だった。美人画商は、不破のスマートさにますます魅せられたにちがいない。

そう考えると、呑気には構えていられなくなった。そんな理由で、クルージングの前に少し点数を稼いでおきたかったのだ。

六杯目のコップ酒を飲み干したときだった。斜め前にあるビルから、かすかに人の話し声が流れてきた。

多門は狐色のレザージャケットの襟を立て、ビルの玄関口を注視した。

ビルから、若い男が走り出てきた。ひと目で暴力団員とわかる。剃髪頭だった。

その男につづいて、中尾修二が現われた。

中尾はベージュの三つ揃いを着ていた。縞柄の傘を手にしている。

「帰るよ。いくらかな？」

「三千八百円になります」

「釣りはいいよと言いたいところだが、いまは懐が淋しくてね」

多門は一万円札で勘定を払い、いつでも立ち上がれる姿勢をとった。

ポケットの中で、受け取った釣り銭を数える。たとえ千円でも粗末には扱えない。

中尾が傘を開きながら、若い男を短く叱りつけた。いかにも不機嫌そうな顔つきだった。

説教された男は中尾に何か詫びながら、雨の中を走りだした。近くの駐車場に車を取りに行ったのだろう。

多門は立ち上がって、篠つく雨の中を大股で進んだ。中尾の前で立ち止まる。

「何か用か？」

「港仁商事の中尾社長さんですよね？」

「ああ、そうだ。おたくは？」

中尾が警戒心を抱いたらしく、半歩退がった。

多門は無言で足を飛ばした。丸太のような右脚が雨の雫を勢いよく散らせた。三十センチの靴が、中尾の腹に深々とめり込む。バックルが音高く鳴った。

「げぇっ」

中尾が喉を軋ませ、ベルトのあたりを押さえた。

その腰は半分ほど落ちていた。すかさず多門は、中尾の鳩尾を蹴り込んだ。傘が舞い飛ぶ。それは逆さまに路上に落ちた。

中尾は胃液を吐きながら、後ろに転がった。二回転して、玄関ドアに派手にぶつかった。

多門は二メートル近い巨軀を屈め、中尾の懐を探った。小型の自動拳銃を呑んでいた。それを手早く奪う。

ベレッタM20だった。銃身が短く、全長は十数センチしかない。重さも三百グラムをわずかに上回るぐらいだ。

小型拳銃の安全装置を外したとき、事務所からスキンヘッドの男が躍り出てきた。

二十六、七歳だろうか。ワインレッドのスーツを着ている。右手首には、ゴールドのブレスレットが光っていた。

多門はベレッタの銃口を男に向けた。

男が立ち竦んだ。頰の筋肉が小さく震えはじめた。血の気は失せていた。

「こっちに来な」

「頼むから、撃かないでくれ」

「死にたくなかったら、来るんだな」

多門は左目を細め、直線的な唇を歪めた。

男が数歩前に出てきた。多門は左腕を翻(ひるがえ)した。空気が鳴る。手刀(しゅとう)が男の首筋に極(き)まった。肉が鈍い音をたてた。

男が短く呻(うめ)いて、膝から頽(くずお)れる。

それきり起き上がろうとしない。手脚は縮まっていた。

「いまどきドサ回りの前座歌手だって、そんなド派手な背広(ビロ)は着ねえぞ」

多門は大きな鼻を鳴らし、男の脇腹と喉笛を蹴った。閃光のような連続蹴りだった。

男が身を毬(まり)のように丸めて、野太い声を発した。

それから間もなく、悶絶(もんぜつ)した。眼球は完全に引っくり返っていた。

多門は傘を左手で拾い上げ、その先を中尾の太腿に浅く突き刺した。

中尾が動物めいた声を放ち、両手で刺された箇所を押さえた。指の間から、血糊(ちのり)が盛り上がりはじめた。血の粒が弾けて拡がる。

「起きな」

「お、おたくは誰なんだっ」

「この傘で目玉を潰(つぶ)されてえのか！」

「やめろ、やめてくれーっ」

中尾が悲鳴混じりに叫び、身を起こした。

多門は中尾の腰を蹴りつけて、脇道に入らせた。自分は傘を差しながら、数歩後ろを歩いた。中尾は左脚を引きずりながら、暗い路地を歩きつづけた。ずぶ濡れだった。

多門は歩きながら、ベレッタM20の安全装置を掛けた。玩具(おもちゃ)のようなオートマチック・ピストルをレザージャケットの右ポケットに滑らせる。

裏通りを何度か曲がると、うまい具合にマンションの建築現場があった。

道路側に囲い板が巡らしてあるが、自由に敷地の中に入れる。人影は見当たらない。建物は半分ほど工事が進んでいる。

多門はスロープを下(くだ)って、中尾をマンションの地下駐車場に押し込んだ。

かなり広いが、真っ暗だった。足許(もと)もよく見えない。多門はジッポーを鳴らした。仄(ほの)明るくなった。

中尾の影が長く延び、粗(あら)いコンクリートの床に落ちた。まだ化粧仕上げはされていない。駐車スペースと走路も区切られていなかった。

「土屋の社長に頼まれて、てめえ、おれの彼女たちをさらいやがったな」

「なんの話なんだ？」

「とぼけやがって」

多門は、開いたままの傘を前に突き出した。

中尾が呻いて、体をよろめかせた。傘の先端は中尾の左肩に埋まっていた。

多門は荒々しく傘の先を引き抜いた。傷口から赤いものがあふれた。血の条が服地を滑っていく。ライターが熱を持ちはじめた。多門はジッポーの蓋を閉め、代わりに中尾にライターを点けさせた。

「おたく、何を言ってんだ?」

「土屋が秋山って探偵社の男に、おれの女関係を調べさせてることはわかってるんだっ」

「なんの話かさっぱりわからねえな」

「志穂たち四人をどこに監禁してる?」

多門は一段と声を張った。中尾がつき合いきれないといった顔つきになった。

「おたく、頭がどうかしてるんじゃねえのか」

「てめえの手に、匕首をぶっ刺してやろうか。えっ!」

「落ち着いてくれ。ううっ、熱い!」

中尾が使い捨てライターを投げ捨てた。

闇が訪れた。多門は煙草をくわえ、素早く火を点けた。

これで、男の動きがはっきりとわかる。煙草を喫いつけるたびに、中尾の顔が浮かび上がった。

「ライターを拾って、もう一度点けな」

「熱くて長くは持ってられねえんだ」

「早く拾え！」

多門は声を荒らげ、ふたたび中尾の脇腹を蹴りつけた。肉が鈍く鳴った。

中尾がうずくまった。次の瞬間、彼は猪のように頭から突進してきた。多門は横に跳んだ。中尾の背を傘で強打する。

空気が大きく躍った。

中尾が唸って、片膝をついた。傘の柄と骨が折れ曲がっていた。

多門は傘を遠くに投げ放ち、中尾の首の後ろに煙草の火を押し当てた。

中尾が悲鳴を放つ。すぐに肉の焦げる臭いがした。

多門は中尾の胴を筋肉で膨れ上がった左腕でホールドし、消え残った火を同じ場所に押しつけた。中尾が呻く。火の粉が散って、煙草の火は消えた。

多門は終始、無言だった。

中尾が呻きながら、床に俯せになった。多門は跳躍し、中尾の背と腰に舞い降りた。中尾は、九十一キロの重さをまともに感じたはずだ。

靴の底に、肉と骨の感触が伝わってきた。

中尾が唸りながら、体を左右に振った。暗くて、その表情はわからなかった。

「お、おめは、ば、ばがだ。こ、このおれさ、お、怒らせつまったんだがらな」

多門は郷里の言葉で言い、グローブのような手で中尾のベルトをむんずと掴んだ。

右手で掴み上げるなり、そのまま米俵を放るように投げ飛ばす。

中尾が壁に激突する音が高く響いた。地響きを立てて倒れたきり、動く気配はうかがえない。

多門はジッポーの明かりで、中尾のいる場所を確かめた。

いったん怒りが爆発すると、なかなか冷静になれなかった。金に困って苛ついているせいなのかもしれない。

自分に牙を剝く男は、徹底的にぶちのめす主義だった。ただし、女子供や弱者には決して乱暴なことはしない。

多門は暗がりの中を羆のようにのっそりと進んだ。

中尾を掴み起こし、柔道の連絡技を掛ける。最初は送り足払いから、払い腰で投げ飛ばした。次は、大内刈りから体落としへと繋いだ。止めは小内刈りから釣り込み腰だった。

それでも怒りは完全には萎まなかった。

背負い投げを二度ほど掛けた。中尾は無抵抗だった。怯えきっていた。

多門は、急に相手を痛めつけることに興味を失った。

反撃がなければ、勝利感は湧いてこない。尻尾を巻いた相手を痛めても、後味が悪いだけだ。

激情が去った。多門はライターに火を点けた。中尾は、ぐったりとしている。鼻血で、顔が赤い。前歯も一本折れていた。

「四人の女たちの居場所を言いな」

「おれたちは、女なんかさらっちゃいねえよ。一昨日の晩、おたくに突っかかったのは、おれんところの若い者だが……」

「火焔瓶を投げつけやがった野郎も、てめえんところの下っ端だなっ」

「そうだよ。別に、おたくに恨みがあったわけじゃねえんだ。土屋さんに頼まれたんだよ、ちょっとおたくを痛めつけてくれってな。女たちのことなんか、本当に知らねえ」

「おれは、二人の外国人にも国際埠頭で襲われた。奴らも、てめえんところの者だなっ」

「二人組の外国人だって!?」

中尾が素っ頓狂な声を発した。

「ああ。赤毛の白人とタイ人らしい奴だ」

「そいつらは、うちとは無関係だよ。うちにゃ、外国人の構成員なんかいねえ」

「ほんとだなっ」

「おれたちは、おたくが綾子ママに近づけないようにしてくれって頼まれただけなんだ。そういえば、綾子ママ、昨夜（ゆうべ）から行方がわからねえらしいぜ」

「どういうことだ？」

「山手のマンションから店に向かう途中、消えちまったらしいよ」

「その話、本当なのか？」

「ああ。いまもママから、なんの連絡もねえらしい。おれは、てっきりおたくとどこかに逃げたと思ってたんだが……」

「おれんところには来てねえ」

「土屋さんもおれと同じことを考えたらしくて、夕方、ショックで倒れたそうだ。軽い心筋梗塞（こうそく）とかで、二、三日中には退院できるそうだがね」

「どうやら土屋の仕業（しわざ）じゃねえようだな」

「だから、何遍も言ったじゃねえか。おたく、凶暴すぎるぜ。いったい何者なんだ？」

「いいから、もう一度、おねんねしろ。誰かに付け回されるのはうっとうしいからな」

多門はライターの炎を消すと、中尾の腹に強烈な前蹴りを見舞った。

中尾が体を二つに折って、数メートル後方まで吹っ飛んだ。

多門はスロープを駆け上がった。ベレッタを投げ捨て、工事現場を出る。

雨にしぶかれながら、多門はカローラを駐めてある場所まで駆けた。たちまち、ずぶ濡れになった。多門は車に乗り込み、山手にある綾子のマンションに向かった。五、六分で着いた。

部屋のドアはロックされていた。

多門は伊勢佐木町の店に電話をしてみた。だが、誰も受話器を取らなかった。スマートフォンは電源が切られていた。

綾子まで連れ去られたということか。例の外国人たちが拉致したと思われる。

多門は電話を乱暴に切った。

第二章　残忍な映像

1

海は緋色だった。

まるで水が燃えているようだ。夕映えが美しい。

べた凪だった。純白のクルーザーは、城ケ島のはるか沖合を微速で滑っている。不破の所有艇だ。

相模灘である。縦揺れも横揺れも、ほとんど感じない。

クルージングそのものは快適だったが、多門はもうひとつ気持ちが晴れなかった。行方のわからなくなった四人の女性たちのことが、胸に痞えていたからだ。

油壺のヨットハーバーを出航したのは正午前だ。大島の近くまで走り、ここまで引き返してきたのである。

多門は、パトリシア号の甲板（デッキ）に立っていた。

厚手の白いトレーナーの上に、青いヨットパーカを羽織（はお）っている。下はベージュのチノクロスパンツだった。

どれも安物だ。操舵室（コックピット）にいる不破の身なりとは、だいぶ違う。

男の価値はマスクや頭ではない。俠気（おとこぎ）があるかどうかだろう。

多門は、本気でそう思っている。そんなふうに考えるようになったのは、貧乏暮らしに馴染みはじめたせいだろうか。それとも、ただの負け惜しみか。

かたわらにいる真理加も目を細めて、赤い海を見つめていた。

カジュアルないでたちだった。髪はポニーテールにまとめられていた。そのせいで、二つ三つ若く見える。

「きょうはお天気に恵まれて、本当によかったわ。完璧な小春日和（インディアン・サマー）でしたものね」

真理加が潮風に嬲（なぶ）られる髪を手で押さえながら、清々（すがすが）しい声で言った。

「そうだな」

「とっても愉（たの）しかったわ」

「こっちもだよ。飛び切りの美女と一緒だったからな」

多門は言うなり、真理加を抱き寄せた。

一瞬、真理加が体を強張(こわば)らせた。だが、抗(あらが)ったりはしなかった。

多門は羆(ひぐま)のような巨体を大きくこごめ、素早く唇を重ねた。真理加が、くぐもった呻(うめ)きを洩(も)らした。柔らかな唇をついばみはじめる。ルージュはほんのり甘かった。

「いけないわ」

真理加が小声で言い、腕の中から逃れた。

多門はきまり悪かった。視線を外す。

「そろそろお食事の用意をしなければ……」

真理加はそう言い、小動物のように多門の脇を擦り抜けていった。そのまま彼女は船室(キャビン)に駆け降りた。

多門は追わなかった。

パトリシア号は、全長二十五メートルの本格的なクルーザーだ。

高いフリーボード付きで、二百六十馬力のディーゼルエンジンを搭載している。サーチライトも強力なものだった。レーダーレンジや無線機器も備えていた。自動運航装置(オートパイロット)もあった。

船室も割に広い。一隅に二段ベッドとエキストラベッドがある。調理室(ギャレー)は、一般家庭の台所よりも豪華な造りだった。冷蔵庫やストックボックスも大きい。むろん、トイレやシャワールームもある。

突然、クルーザーが身震いした。

不破がセレクターを後進(アスターン)に入れたらしい。パトリシア号がゆっくりと停止し、エンジンが切られた。船底を押し上げる波のうねりが足許から伝わってきた。

穏(おだ)やかに見えても、海は絶え間(たえま)なく波動を繰り返している。舷(ふなばた)を打つ波の音は、リズミカルだった。

錨(アンカー)が落とされた。クルーザーの揺れが小さくなった。

多門は煙草に火を点けた。

半分ほど喫(す)ったとき、操舵室から不破が現われた。横縞の長袖Tシャツの上に、濃紺のブレザーを着込んでいる。ダブルブレストだった。

スラックスの色はアイボリーだ。デッキシューズも同色だった。

「佐伯さんは？」

不破が足を止め、問いかけてきた。

「船室(キャビン)にいるよ。夕飯の仕度(したく)をするとか言ってたな」

「多門ちゃん、夕食用の魚を調達しよう」

「あんたに任せるよ」

「それじゃ、ぼくが腕のいいところを見せるか」

不破が自信ありげに言い、船尾に足を向けた。

多門は喫いさしの煙草を爪で海に弾き飛ばした。それは赤く染まった波間でほぐれ、すぐにばらけた。

多門は少し迷ってから、艫に回った。

ちょうど不破が仕掛けの用意をしているところだった。サビキ仕掛けだ。中層にいる魚を狙う気らしい。

不破は馴れた手つきでコマセ袋に冷凍の沖アミを詰め、船釣り用リール付き竿を握った。すぐに彼は、十本近い擬餌鉤の付いた仕掛けを海に投入した。十秒ほどで仕掛けが見えなくなった。

多門は、低い背当ての付いたスツールに腰かけた。

「夕まずめは釣果が上がるんだよ」

不破が言いながら、竿を二、三度大きくしゃくった。餌の冷凍アミを散らしたのだ。

一分ほど経過すると、不破が小さな歓声をあげた。早くも魚信があったらしい。不破が上機嫌で、リール糸を巻き上げはじめる。

ほどなく魚影が見えた。

魳だった。七尾だ。どれも二十七、八センチの大きさだった。

不破が魳を手際よく鉤から外し、コマセ袋に新たな餌を詰めた。

多門は遠くに視線を放った。右手前方に小さな島影が見える。城ケ島だ。

島の西端で、点のような光が明滅していた。城ケ島灯台に灯が入ったらしい。東側の端にある安房埼灯台の灯も瞬いている。

多門は、ふと三谷志穂のことを思い出した。

志穂と城ケ島温泉ホテルに三泊したのは去年の初秋だった。二人は二日間ほとんど部屋に籠り、濃厚な情事に耽った。

そのときの情景は、いまも脳裏に鮮明に灼きついている。

志穂たちは、どこにいるのか。言うまでもなく、綾子のことも気がかりだった。だが、女好きの多門は真理加も何とか自分のものにしたかった。

不破がリールの音を高く響かせながら、仕掛けを巻き上げた。

三尾の真鯵が掛かっていた。型はいい。三十センチはあるだろう。

そのあと不破は、胡椒鯛と室鯵を数尾ずつ釣り上げた。胡椒鯛は、真鯛に匹敵するほどの上質な魚である。

不破が手早く竿を納めた。若草色のクーラーボックスの中は、けっこう賑やかだった。

「こっちが捌くよ」

多門は言った。誰にも話したことはなかったが、彼は自衛隊に入る前に半年ほど板前の修業をしたことがあった。

「ええっ。多門ちゃん、庖丁握れるの!?」

「ほんの真似事だけどね」

「驚いたな、こりゃ。意外に手先が器用なんだな」

「おれのフィンガーテクニックもちょっとしたもんだぜ」

多門は際どい冗談を言って、クーラーボックスを軽々と持ち上げた。

船室に降りる。真理加がL字形の食卓に料理を並べていた。どれも彼女が自宅で下拵えをして、プラスチック容器に詰めてきたものだ。

昼食にぱくついたビーフ・サンドウィッチ、海老フライ、海草サラダ、鮭のマリネなども、真理加の手料理だった。

目と目が合った。真理加の表情に困惑の色が拡がった。キスを許したことを悔やんでいるのか。

多門は真理加のそばまで近寄り、小声で言った。

「怒らせてしまったのか」

「いいえ、ちょっと驚いただけです。あのう、そのお魚は？」

「不破の旦那が釣ったんだ」

「よかったわ。昼間のトローリングで釣り上げたシイラと縞鰹をブイヤベース風にしてみたんですけど、味があまりよくないんです」

「後で、おれが喰うよ」

「そのお魚、わたしが捌きましょう」

「そっちは休んでてくれ」

多門は言って、調理台に歩み寄った。

ステンレスのシンクに、魚を大胆にぶちまける。鰤と室鯵は塩焼きにすることにした。後は刺身と叩きだ。生きた胡椒鯛の血抜きをしてから、三枚に下ろす。小ぶりの刺身庖丁を使い、きれいな白身を削いでいく。真鯵はぶつ切りにして、庖丁で細かく叩いた。

それほど時間はかからなかった。

予め塩を叩きつけておいた鰤と室鯵を、グリルの中に突っ込む。直火で焼きたいところだが、キャビンを煙だらけにするわけにはいかない。多門は生ごみをてきぱきと片づけ、汚れたシンクをクレンザーで洗った。

食事の準備が整ったころ、不破がキャビンに降りてきた。

「夕陽がきれいだよ」

「旦那、タイミングがよすぎるな」

「おっ、もう夕食の用意ができてるのか。これは申し訳ない。凄いメニューじゃないか。刺身もうまそうだ。後は酒だね」

不破が冷蔵庫に歩み寄り、缶ビールと白ワインを取り出した。

三人は食卓に着いた。真理加を挟む形だった。卓上には魚料理の他に、真理加が持参した肉料理が載っている。

多門は、まずシイラと縞鰹のブイヤベースを食べた。真理加が言っていたように、確かに味はよくなかった。

多門はグルメではない。いつも味は二の次だった。とりあえず、空っぽの胃袋に何か詰め込みたかった。ほんの数分で、ブイヤベースを平らげた。

真理加が顔を向けてきた。済まなさと嬉しさがないまぜになったような表情だった。

「佐伯さんが持ってきてくれた料理は、どれも文句なしにうまいなあ」

不破が鴨肉の燻製を頬張りながら、おもねる口調で言った。

「お口に合いますかどうか」

真理加は割り箸を品よく割り、胡椒鯛の刺身を口に運んだ。食べ方も上品だった。

多門は、手摑みで鮖の塩焼きを食べはじめた。淡泊な味だから、いくらでも腹に入る。

あっという間に四尾を胃袋に収め、室鰺も二尾食べた。室鰺は割に脂が乗っていた。肉料理や刺身も大いに食べた。

「きのう、絵を買ったそうじゃないか？」

不破が真鰺の叩きを割り箸で抓みながら、多門に話しかけてきた。多門は無言でうなずいた。

「ぼくも、おつき合いさせてもらうか」

「何もこっちと張り合うことはないと思うがな」

「多門ちゃん、妙な言い方しないでくれよ」

不破がにやついて、右の耳朶を引っ張った。真理加が口を挟む。

「お二人とも、どうか無理はなさらないでください」

「わかってますよ。佐伯さん、ドランの絵はおたくにあります？」

不破がにこやかに訊いた。

「残念ながら、一点もございません。来月、パリとロンドンのオークションを覗いてみるつもりですけど……」

「ドランの作品が競(せ)りに出されてたら、何が何でも落札してください。どんなに高くたって、必ずぼくが買い上げますんで」

「ありがとうございます」

真理加が深く頭を下げた。なんだか面白くない。

多門は缶ビールを三本、一気に呷(あお)った。

食事が済むと、三人はデッキに上がった。夜空はトパーズ色の星で埋まっている。幻想的だった。三浦(みうら)半島と房総(ぼうそう)半島が影絵のように見える。街の灯が美しい。

「きれいな眺めですねえ」

真理加が、うっとりとした表情で言った。

その直後だった。暗い海の奥で、重く沈んだ銃声がした。闇の一点が赤く光った。

銃口炎(マズル・フラッシュ)だ。パトリシア号のフリーボードに、何かがぶち当たった。霰(あられ)がプラスチックの板に当たったような音だった。

「伏せろ！　誰かが散弾銃をぶっ放したんだ」

多門は不破たち二人に言って、甲板にしゃがみ込んだ。

不破と真理加が身を屈(かが)め、頭を低くする。

ふたたび暗がりの奥で、赤いものが爆(は)ぜた。腸(はらわた)に響くような銃声だった。放たれた散弾が三人の頭上を掠める。

「回り込んで、真理加さんをキャビンに入れてよ。明かりは全部、消してくれないか」

多門は不破に指示した。

不破が短い返事をして、真理加の片方の腕を掴む。二人は中腰で船尾の方に走った。二つの影が見えなくなったとき、三たび重い銃声が轟いた。

手摺に散弾が数粒当たり、小さな火花を散らす。

多門は、敢えて動かなかった。下手に動くのはかえって危険だ。

不破と真理加が船室に降りる足音がした。

すぐに照明が落とされた。これで、真理加が怪我をする心配はなくなった。

見えない敵は三発放ったきり、不気味な沈黙を守っている。

数分後、急にエンジン音が高くなった。針路を変え、逃走するつもりらしい。

「不破の旦那、こっちに来てくれないか」

多門は大声を張り上げた。

不破が船室から飛び出してくる。そのまま彼は操舵室に入り、すぐにアンカーを巻き上げた。サーチライトが灯り、ディーゼルエンジンの頼もしい咆哮が静寂を突き破った。

多門は海に視線を投げた。

サーチライトの強烈な光が、うねる海面を照らし出している。光の霞むあたりに、漁船が見えた。二十トンはなさそうだ。機関室から、かすかな光が洩(も)れている。甲板に人影は見えなかった。百数十メートルしか離れていない。充分に追いつける距離だ。

「逃がしゃしねえぞ」

多門は立ち上がった。胸は怒りで一杯だった。

パトリシア号が勢いよく走りはじめた。

とたんに、逃げる漁船がスピードを上げた。意外にも船脚(ふなあし)は速い。どうやら高馬力のエンジンを積んでいるらしかった。

舳先(へさき)は三浦半島に向かっていた。

勇三郎丸(ゆうざぶろうまる)という船名が見える。多門は、その船名を頭に叩き込んだ。

パトリシア号も速度を上げた。二十ノットは出ていそうだ。烈(はげ)しく波を蹴立てながら、突き進んでいる。

青みがかった白い飛沫(しぶき)がデッキを容赦(ようしゃ)なく叩く。

いつの間にか、多門は全身に海水を被っていた。顔に降りかかった冷たい飛沫が顎の先から滴(したた)り落ちる。

パトリシア号の船脚が、さらに速くなった。

上下動も加わりはじめた。どうやらセレクターは全速前進(フルアヘッド)に入れられたらしい。見る間に距離が縮まる。

突然、勇三郎丸が右旋回しはじめた。

陸(おか)に向かっても逃げきれないと判断したのだろうか。ほどなく漁船はUターンし、暗い沖に向かった。パトリシア号も針路を変えた。勢いのついた分だけ、大回りすることになってしまった。また、距離が開いた。

勇三郎丸は白い航跡を描きながら、ひたすら逃げる。パトリシア号は猛然と追った。次第に距離が縮まっていく。

すると、勇三郎丸はS字に走りはじめた。ジグザグにも進んだ。

「あがいたって、ぶっちぎれやしねえよ」

多門は悪態をついた。

そのときだった。勇三郎丸の左舷(さげん)に、二つの人影が現われた。どちらも男だ。黒っぽい防水服に身を固め、フードをすっぽりと被(かぶ)っている。

口許は、タオルで隠されていた。顔かたちや年齢は判然としなかった。

何か仕掛けてくる気なのだろう。多門は、そう直感した。

二人の男が何か重そうに抱え上げた。漁網だった。かなり古そうだ。

勇三郎丸が船首を左に傾けた。ほとんど同時に、男たちが長い漁網を海に落としはじめた。流された網は海面で大きく拡がる。敵は、流した漁網をパトリシア号のスクリューに絡みつかせたいらしい。

多門は幾分、緊張した。操舵室に駆け込み、不破に声をかける。

「右か左に逃げてくれ！」

「駄目だ。もう間に合わない」

不破が絶望的な顔つきで言い、目をつぶった。セレクターは後進に切り替えられていた。

だが、船は急停止できない。パトリシア号は身震いしつつ、惰性で前に滑っていく。

数十秒が流れたころ、船底で鈍い音がした。

スクリューが漁網を巻き込んだ音だろう。多門は船尾に走り、海面を覗き込んだ。

白く泡立っている。

船体が小さく揺れ、スクリューが停まった。プロペラが、しっかり漁網をくわえ込んでしまったようだ。

「なんてこった！」

多門は甲板の縁板を拳で打ち据え、コックピットに駆け戻った。勇三郎丸は大きくUターンし、まっしぐらに陸に向かって走っている。

「おそらく航行不能だろう」

不破が力なく言った。網はスクリューに幾重にも絡んでいるようだ。素潜りで漁網を外すことは容易ではない。

「やられたな」

「多門ちゃん、救援の要請をするしかなさそうだね」

「第三管区海上保安本部に救援を頼む気？」

多門は訊いた。

できれば海上保安庁の世話にはなりたくなかった。多門には前科がある。事情聴取の結果、海上保安部が警察に身許照会をすることも考えられた。

「海上保安部に連絡すると、面倒なことになりそうだな。民間のダイバーズクラブに救援を頼むか」

「そのほうがいいと思うよ」

多門は胸を撫で下ろして、操舵室を出た。

2

夜明けが近い。

空は、かすかに紫色の光を帯びはじめていた。

何やら幻惑されそうな風景だ。海面を這う靄の動きも見えるようになった。時刻は午前四時半過ぎだった。

多門は、パトリシア号の甲板に立っていた。

頭の芯が重かった。昨夜は、ほとんど一睡もしていない。

エキストラベッドに寝ていた真理加と一つになるチャンスをうかがっているうちに、無情にも空が白んでしまったのだ。

残酷な一夜だった。多門は、自分がお預けを喰らった犬になったような気がした。邪魔な不破に手刀か当て身を浴びせ、気絶させることも半ば本気で考えたりした。

きのうは厄日だった。多門は煙草に火を点けた。

油壺ヨットクラブには、すぐ無線連絡がついた。クラブのスタッフが、ただちに三崎ダイバーズクラブに応援を求めてくれた。

三崎ダイバーズクラブは民間の潜水業者だ。二十人近いプロダイバーを抱え、海底調査、水路探査、沈没船のサルベージなどを引き受けていた。

あいにくプロのダイバーの多くは、木更津沖で発生した大きな海難事故の現場に向かった後だった。不破がなんとか頼み込んで、夜が明けるころにプロダイバーをひとりだけ回してもらえることになった。

こうして三人は、キャビンで一夜を明かす羽目になったのである。

いま、真理加はシャワールームにいるはずだ。不破は無線で、勇三郎丸に関する情報を集めている。

煙草が短くなった。

多門は、それを海に投げ捨てた。そのとき、操舵室から不破が姿を見せた。双眼鏡を手にしている。

「勇三郎丸は三崎漁業組合の組合員の船だったよ。漁業組合の話によると、きのうの夕方、三人のやくざっぽい男たちに海上で乗っ取られたらしいんだ」

「そいつらが船長を脅して、このクルーザーをこっそり付け回してたんだな」

「そうらしい。なぜ、われわれを狙ったんだろう？」

「わからないな」

多門は首を横に振った。不破が不安そうな顔つきになった。

「船長は、どうしたんだい？」

「乗っ取りグループに怪我をさせられて、三崎口の荒崎総合病院に入院したそうだよ」

「で、その三人組のほうは？」

「勇三郎丸を小網代湾に着けさせて、そこから逃げたという話だったな」

不破がそう答え、双眼鏡を目に当てた。

多門は、まだ薄暗い海面に視線を投げた。肉眼では何も見えない。ただ、小さなモーターの唸りが聞こえるだけだ。

「三崎ダイバーズクラブの高速艇がこっちに向かってくるよ」

不破が目を凝らしながら、そう言った。

少し待つと、薄闇の奥から白っぽい船体が見えてきた。まだ点のように小さい。

だが、みるみる船影が大きくなる。船体は純白ではなかった。ブルーのラインが入っていた。高速艇は、パトリシア号よりもふた回りほど小ぶりだった。

しかし、船脚はめっぽう速い。間もなくコックピットにいる男の顔が見えてきた。
二十五、六歳だろうか。黒っぽいウェットスーツを着込んでいた。色黒で、精悍な青年だ。
高速艇が、パトリシア号と並ぶ位置にゆっくりと停止する。エンジンが切られ、アンカーが打たれた。

「遅くなりました。三崎ダイバーズクラブの小林です。これ、お願いします」

若い男が言って、舫い綱を高く投げ上げた。

それを不破がキャッチし、自分のクルーザーに結びつけた。多門は手摺を跨ぎ、高速ボートに降りた。すぐに不破が多門に倣った。

たとえプロのダイバーでも、スクリューに巻きついた漁網をひとりで外すことはできない。海水を含んだ網が重くなるからだ。

切り剝がしたとたん、漁網は潮に流される。それを放置しておいたら、別の船がまたスクリューに網を絡めることになってしまう。

それを避けるには、漁網をどちらかの艇内に取り込む必要があった。そこで、多門と不破が手伝うことになったのだ。どちらも、スキューバダイビングの体験があった。

二人は高速ボートの船室に入った。

暖房が効きすぎて、汗ばむほどだった。多門と不破はそれぞれ下着だけになり、手早くウエットスーツを身に着けた。

重いウエイトベルトを巻き、シーナイフを腰に帯びる。二人は十二リットルのボンベを二本背負った。巨体の多門は何ともなかったが、不破が体をふらつかせる。

高圧空気の詰まったボンベの重量は約十七キロだ。二本背負うと、三十四キロになる。

多門はマスクを装着し、マウスピースをくわえた。

何も問題はない。空気自動調節器（レギュレーター）のバルブやエアホースにも異常はなかった。

点検が済むと、多門は足ひれ（ロングフィン）を摑み上げた。それを持って、不破と船室を出る。

甲板にいる小林は、すでに準備を終えていた。

多門たち二人は、急いでロングフィンを履（は）いた。

そのとき、多門は背中に人の視線を感じた。振り向くと、パトリシア号のデッキに真理加が立っていた。薄化粧をした顔が美しい。

真理加が多門たち二人に何か言った。

その声は耳に届かなかった。多門は身振りで、心配するな、と応じた。

やがて、三人は海に入った。

小林、不破、多門の順だった。夜明けの海は、まだ暗い。

マスクにかかる水圧は、それほど強くなかった。耳鳴りも、すぐに熄（や）んだ。

三人は、パトリシア号の船尾に回った。

視界は四、五メートルしか利（き）かない。慎重に進む。浮遊塵（マリン・スノー）が体にまとわりついてくる。

先導役の小林が、大型の水中ライトの光をスクリューに当てた。

漁網が幾重にもシャフトやプロペラに絡みついている。細長い網が吹き流しのように、海面近くを泳いでいた。底引き網の一部らしかった。

パトリシア号の船腹には、小さな貝がびっしりとへばりついていた。牡蠣らしいものも、幾つか付着している。

小林と不破がスクリューの両側に回り込み、シーナイフで漁網を切り裂きはじめた。

多門は網の端まで泳いだ。

漁網は海の水を吸って、想像以上に重かった。多門は水中ライトをウエイトベルトの下に差し込み、両手で漁網を摑んだ。

網の先端を高速艇まで運び、それを艇のどこかに引っ掛けるつもりだった。そうすれば、スクリューから切り離された網は流されない。多門はロングフィンで懸命に水を蹴った。

少し前進すると、たちまち後ろに引き戻されてしまう。潮の流れに逆らうのは容易ではなかった。それも片手しか使えない。

多門はいったん網から手を放し、シーナイフを握った。

ナイフで、漁網の一部を帯状に抉り取った。それを腰に巻きつけ、筋肉の盛り上がった右腕で漁網を摑む。多門は体を立て気味にして、網を手繰った。そのままロングフィンを動かし、左腕で水を大きく搔く。

巨大な吹き流しのような細長い漁網がうねりながら、ゆっくりと動きはじめた。

多門は漁網を手繰り寄せつつ、懸命に泳いだ。腰に括りつけた網の一部が固く締まって、肌に喰い込んでくる。

内臓が圧迫されて、重苦しい。

それでも多門は、音を上げなかった。ひたすら高速艇に向かって泳ぎつづけた。

やがて、艇にたどり着いた。多門は漁網の端を高速艇のダイビングデッキの金属パイプに引っ掛けた。船体がわずかに傾いたが、それだけだった。

多門は腰に巻きつけた網をほどき、パトリシア号の船尾に向かって泳いだ。

四つの人影が海中で揉み合っていた。多門はピッチを上げた。

小林と不破が二人のウェットスーツの男に羽交いじめにされて、全身でもがいていた。スクリューに絡んだ網は、すでに取り除かれている。

勇三郎丸を乗っ取った連中かもしれない。

多門は急いだ。意図的に水中ライトは点けなかった。

小林と不破のライトが薄墨色の海の中で激しく揺れ、その光が交錯している。

それから間もなく、二人のエアホースから凄まじい勢いで泡が噴き出した。どうやら不破たちは、襲撃者にナイフでホースを断ち切られてしまったようだ。

不破と小林が相前後して、背中にへばりついている男たちを弾いた。

二人は、そのまま浮上した。不破たちの手脚の動きは、どこかぎこちなかった。マリオネットの動きに似ていた。

この程度の水深なら、一気に浮上してもなんの危険もない。

多門は水中ライトを点け、二人の襲撃者に迫った。男たちは、どちらも十二リットルのボンベを二本背負っていた。

マスクから覗いているのは目と鼻だけだ。

年恰好はわからなかった。体つきから察すると、二人ともまだ若いようだ。

多門は、水中ライトの光を男たちに向けた。

間合いは約七メートルだ。男のひとりは、黒っぽい水中銃を握っていた。銛が装塡されている。銛の紐は付いていない。先端は三角形だった。

もうひとりの男は、シーナイフを手にしている。かなり大型のナイフだった。

男たちが鮫のように近寄ってきた。

多門は体を垂直に立てた。ライトを左右に振る。水がひどく重く感じられた。

身を隠せるような岩礁も海藻も見当たらない。ここで闘うほかないだろう。四肢で体のバランスを取りながら、男たちの出方を待つことにした。

二人の男が左右に散った。陸上とは違って、動きはのろい。右に動いた男が泳ぎながら、水中銃を水平に構えた。

その隙に、左のナイフを持った男が多門の背後に回り込む素振りを見せた。

多門はスピアガンに注意を払いながら、シーナイフの男に接近した。

水中銃といっても、その威力は決して侮（あなど）れない。至近距離で顔面か胸を射抜かれたら、命を落とすことになるだろう。

睨み合ったまま、双方とも動かなかった。

シーナイフの男が、仲間を促（うなが）した。睨み合いに焦（じ）れたらしい。もうひとりの男がうなずき、水中銃の尻を自分の肩口に当てた。

撃つ気なのだろう。多門は、やや体を縮めた。どの方向にでも逃げられるようにしておかなければならない。

水中銃（スピアガン）の銛が発射された。

多門は体を捻った。銛が腰の横を掠（かす）めた。水中ライトで銛を払いのけ、多門は長い足ひれを思い切り蹴った。体が浮き上がる。丸太のような脚を屈伸させ、スピアガンを握った男の顔面を踵（かかと）で蹴ろうとした。

水の抵抗で、スピードはだいぶ殺（そ）がれてしまった。

蹴りが届く前に、男が逃げた。スピアガンを捨て、大きく水を掻きはじめた。

すかさず多門は男を追った。いくらも進まないうちに、横からシーナイフが突き出された。

多門は体の向きを変え、もうひとりの男と組み合った。

組み合ったまま、水深約七十メートルの海底に向かって落下していく。

深く沈むと、鼓膜が圧迫された。

多門が上だった。男はナイフを握った右腕を多門の腋で挟まれている。左手で、多門のマウスピースを必死に引き抜こうとしていた。

多門は、男の左手首を握った。

容赦なく相手の腕を外側に捻る。肘の関節が捩じ切れた。肘が逆の形に反っていた。

マスクの中の目は引き攣っていた。肘から下の腕が、頼りなげに揺れ動いている。それは、軟体動物の手脚を連想させた。

ナイフは海底にゆらゆらと落ちていった。

多門は一瞬、男のエアホースを切り裂きたい衝動を覚えた。だが、男を殺すわけにはいかない。レギュレーターを摑み、男を引き寄せる。

男は抵抗する気力を失っていた。多門は男を摑んだまま、水を蹴った。

十メートルほど浮上したときだった。マリンスノーの奥から、かすかなモーター音が響いてきた。次の瞬間、多門は肩に何かがぶち当たるのを感じた。先の尖った物だった。

多門は男とともに、弾き飛ばされた。

沈みながら、水中ライトであたりを照らす。

頭の五、六メートル上を、水中スクーターが走っていた。水上バイクに似た造りだが、本体はミサイル弾のような型だ。尻から、ジェット噴流が迸っている。

水中スクーターに跨がってハンドルバーを握っているのは、さきほど水中銃を撃った男だ。

その男の腰に、腕を折った男が片手でしがみついていた。

黄色い水中スクーターがUターンした。逃げる気らしい。水中スクーターは水の中を自在に動き回れる。出力も、かなりあるという話だ。

多門は水中ライトで前方を照らしながら、すぐに追跡しはじめた。

水中スクーターは海底近くを進んでいた。岩場から、底魚が次々に飛び出してくる。砂地や泥の中からは、鰈が姿を見せた。

多門は全身の力をふり絞って、水を掻きつづけた。

だが、水中スクーターはぐんぐん遠ざかっていく。やがて、光の届かない闇に吸い込まれていった。

多門は追うのを諦め、浮上しはじめた。

自分の位置がよくわからない。ほぼ垂直に上昇し、海面に出た。

水平線が明るんでいた。

パトリシア号は右手に浮かんでいた。数百メートルは離れている。多門は浅く潜って、そこまで泳いだ。漁網は高速艇の中に回収されていた。

不破と小林がウェットスーツのままで、甲板に坐り込んでいる。

真理加はパトリシア号の甲板に立っていた。多門の元気な姿を見ると、真理加は表情を明るませた。

「よかった。無事だったんだね」

不破が駆け寄ってきた。

「二人とも怪我は？」

「大丈夫だよ。多門ちゃんの救出に潜りたかったんだが、小林さんもぼくもエアホースを切られてしまったんだよ。それで、何もできなかったんだ。すまない！」

不破が頭を下げ、濡れた髪を両手の指で掻き上げた。

そのとき、側頭部の生え際(はえぎわ)の地肌が透(す)けた。そこには、七、八センチの細い傷跡(きずあと)があった。

「旦那、頭に怪我したの？」

「これは昔の傷跡だよ。アイススケート靴のエッジで切ったんだ。転んだ友人の上に倒れ込んでしまってね」

不破が慌てて髪の毛で傷痕を隠しながら、早口で説明した。

「多門ちゃん、襲ってきた男たちは？」

「水中スクーターで逃げやがった」

多門は二本のボンベを降ろし、経過を詳しく語った。

すると、不破が不安顔で言った。

「ぼくが命を狙われてるんだろうか？」

「いや、そうじゃなさそうだ」

「というと？」

「おそらく襲撃者は、おれを狙ったんだろう」

「きみが狙われた!? 何かあったの？」

「たいしたことじゃねえんだ。それより、スクリューの破損は？」

「プロペラが一枚だけ捩じ曲がってたけど、航行は可能だと思うよ」

「だったら、着替えて、すぐ油壺のマリーナに戻ろう」

「そうするか」

不破が高速艇のキャビンに駆け込んだ。多門はロングフィンを外し、不破の後を追った。

3

灰色のベンツが走り去った。

不破の車だ。助手席には、真理加が乗っていた。

多門は腕時計を見た。午前九時十七分だった。油壺を出発したのは午前八時だ。割に早く東京に戻れた。

なんとか真理加は、いつもの時刻に画廊を開けられるだろう。

多門は安堵して、代官山スカイマンションのエントランスホールに入った。

メールボックスを覗く。きのうの新聞や郵便物の下に、細長い包みがあった。宛名は記されていない。

爆発物か。

多門は一瞬、ぎくりとした。しかし、針音は聞こえなかった。指で押してみる。DVDのようだ。開封する。やはり、そうだった。いったい何が映っているのか。

多門は訝しく思いながら、六階の自分の部屋に上がった。

カーテンも開けずに、DVDを再生してみる。大型テレビに異様な映像が映し出された。

両腕を後ろ手に結束バンドで縛(しば)られた全裸の女がフローリングの床に這(は)いつくばって、犬のように必死にフライドチキンをくわえようとしていた。その彼女の腰を抱え込んで、男が抽送(ちゅうそう)している。

なんと女性は園部綾子だった。

多門は強いショックを受けた。怒りも湧いてきた。

後ろから男に激しく揺さぶられながらも、綾子は必死にフライドチキンを貪(むさぼ)っている。口の周りは油でぎとついていた。

よほど空腹だったのだろう。男の顔は映っていない。体つきから察して、日本人ではないようだった。多門の脳裏に、真っ先に二人組の外国人の顔が浮かんだ。次に、夜明けの海の中で闘った男たちの姿が閃(ひらめ)いた。

映像が変わり、今度は志穂が映し出された。志穂は、浴室の洗い場にしゃがみ込んでいた。やはり、一糸もまとっていない。縛られたままだった。

志穂が顔を歪(ゆが)ませて、しきりに何か哀願している。音声は録音されていなかった。それだけに、妙に生々(なまなま)しさが伝わってくる。

志穂が瞼(まぶた)を閉じ、太腿を寄り合わせた。そのとき、男の黒い手が白い顎に伸びた。黒人だった。男は志穂の顔を横向かせ、屹立(きつりつ)したペニスを口に含ませた。

多門は、憤りで体が熱くなった。われ知らずに、ＤＶＤのプラスチックケースを紙のように捩じ曲げていた。

志穂はモザイクタイルの上にべったりと尻を落とし、幼女のように泣きはじめた。タイルにシャワーの湯が執拗に当てられる。

ノズルを握る手は、間違いなく黒人男性のものだった。

またもや映像が変わった。沙織が高圧線の鉄塔に裸で括りつけられていた。両腕は水平に固定されている。

山の中だった。

沙織は泣き疲れてしまったのか、虚ろな表情で空の一点を見つめている。その目は焦点が定まっていなかった。早く救け出してやらないと、神経がおかしくなってしまうだろう。拉致された四人は、それぞれ残酷な方法で嬲られているにちがいない。しかし、監禁場所を割り出す手立てが見つかっていなかった。

多門は焦りを覚えた。

ちょうどそのとき、沙織が全身でもがきはじめた。数羽の鴉が沙織の周囲を舞っていた。

突然、一羽が沙織に急接近した。

と思ったら、白い肩に止まった。鴉は鋭い嘴で、沙織の頰をつつきはじめた。

沙織が顔を振ると、鴉はいったん離れる。だが、すぐに沙織にまとわりつく。残りの鴉たちも沙織の裸身に取りつき、嘴や爪で柔肌を傷つけた。血のにじんだ咬傷や引っ掻き傷が痛々しい。

沙織が泣き喚きはじめると、黒い鴉たちが一斉に舞い上がった。銃声は聞こえなかったが、どうやら近くで誰かが猟銃を吼えさせたらしかった。

鴉は散ったきり、戻ってこなかった。

三たび映像が変わり、二人の裸女が映し出された。千晶と未来だった。

二人は太い樹木の枝から、逆さまにロープで吊るされていた。ともに全裸だった。

DVDプレイヤーの停止ボタンを押し込んだとき、部屋の固定電話が鳴った。多門は寝室に走った。

「多門だな?」

受話器を取ると、男のくぐもった声が響いてきた。口に綿か何かを含んでいるようだ。あるいは、ボイスチェンジャーを使っているのか。

「て、てめえなんだな、おかしなDVDを郵便受けに入れやがったのは!」

「そうだ。ちょっと娯しめる映像だったと思うがね」

「な、何を企んでやがるんだっ」

多門は高く叫んだ。憤りで声が震え、舌が縺れた。頭の芯が灼けたように熱い。

ややあって、男が乾いた口調で告げた。

「あんたには二つの命令に従ってもらう。まず一つは、稼業から手を引け」

「お、おれのマーケットを荒らしてたのは、て、てめえだったのか!?」

「否定はしないよ」

「もう一つの命令ってのは何なんだっ」

「チェーンスーパーの『誠実堂』を知ってるな?」

「ああ。てめえの話は回りくでえんだよ。さっさと話をす、進めやがれ!」

「よかろう」

脅迫者がもったいぶって言葉を切り、すぐに言い重ねた。

「『誠実堂』の来栖繁晴社長のひとり娘、涼子を誘拐しろ」

「誘拐だと!?」

多門は呻いた。『誠実堂』は東証スタンダード上場企業ながら、その法人資産は大企業に肉薄している。攻めの経営で、年ごとに業績を伸ばしていた。

「聖美女子大四年生の涼子は、父親に溺愛されてるんだよ。おそらく来栖は、いくらでも身代金を出すだろう」

「それが交換条件ってわけかっ」

「そうだ」

男が短く応じた。志穂たち四人は、快楽殺人の獲物にされたわけではないらしい。ひと安心したが、憤りは萎まなかった。

多門は怒りを抑え、受話器を握り直した。

「おれが断ったら、どうする?」

「あんたに選択の余地はない。こちらの命令に従わなかったら、女たちを慰みものにして、ひとりずつ殺していく。五人で足りなければ、佐伯真理加も殺す」

「てめえ、真理加のことまで……」

「あんたの女関係は、すべて調べ上げた」

「彼女たちにおかしな真似をしやがったら、てめえをぶっ殺す!」

多門は怒りを抑えきれなくなった。

「ほざけるのも、いまのうちだ。きょうから四日以内に、来栖涼子を誘拐してもらう。涼子の行動パターンは、すでにこちらで調査済みだ」

「おれは、その娘っ子に会ったこともないんだぞ」

「心配するな。涼子の顔写真はもちろん、あらゆる資料が揃ってる。きょうの夕方までには、その資料をあんたの手許に届けよう。人質の引き渡し場所などについては、追って連絡するよ」

男が一方的に電話を切った。

多門は暗然とした気持ちで、受話器をフックに返した。正体不明の脅迫者を八つ裂きにしてやりたかった。煙草を喫いながら、男と交わした会話を頭の中で反芻してみる。

多門は、すぐに一つのヒントに気づいた。敵は、いまの稼業から手を引けと命じた。自分に仕事を依頼しておきながら、キャンセルしてきた人物に当たれば、造作なく犯人にたどり着けるのではないだろうか。

多門は煙草の火を揉み消すと、急いで部屋を飛び出した。

伸びた髭も剃らなかった。潮風に晒されたトレーナーやチノクロスパンツは、かなり湿っぽかった。生成りのソックスも汚れていた。

だが、気にしてはいられなかった。

カローラで、日本橋に向かう。日東電子の本社ビルを訪ねる気だった。

エレクトロニクス関係の中堅メーカーの日東電子から仕事を依頼されたのは、半年ほど前のことだ。機密書類がライバルメーカーの手に渡っているとのことで、その調査を依頼されたのである。

ところが、調査に取りかかる直前に依頼主からキャンセルの申し入れがあった。

多門は不承不承、わずかな違約金を貰って調査を取りやめた。そのときは深く考えてもみなかったが、どうやら商売敵が出現し、多門の市場をすっかり荒らしているらしい。

目的のビルに到着したのは、およそ四十分後だった。

日東電子の本社ビルは昭和通りから少し奥に入った場所にある。九階建ての茶色いビルだった。まだ割に新しい建物だ。

多門は車を地下駐車場に入れ、一階の受付ロビーに回った。

鶴岡康文専務との面会を求める。やや受け口の受付嬢が多門の風体を怪しみながら、社内電話をかけた。

このビルを訪れたのは初めてだった。鶴岡とは、いつも外で会っていた。

追い返されるかもしれない。多門は、ちらりと思った。だが、意外にもあっさり通された。

専務室は八階にあった。最も奥の部屋だった。

ノックをすると、短い応答があった。

多門は黙ってドアを開けた。ほぼ正面に置かれた机に向かって、鶴岡が書類に目を通していた。勝手に部屋に入る。

「間もなく会議が始まるんだ。手短に頼むよ」

鶴岡がチタンフレームの老眼鏡を外し、総革張りの応接ソファセットを手で示した。

多門はソファに坐った。

鶴岡が正面に腰かける。みごとな銀髪だった。もう六十歳は越えているはずだが、驚くほど血色がいい。

「仕事をキャンセルされた理由をうかがいたいと思って、お邪魔したんですよ」

多門は口を開いた。

「そのことかね。うちの機密事項をリークしてた人間がわかったんだよ、意外に早く」

「誰がそれを?」

「それは、ちょっと言いにくいな」

「鶴岡さん、おれは何か含むところがあるわけじゃないんだ。本当のことを言ってくださいよ」

「実はね、きみとご同業らしい方がほんの一日で調べ上げてくれたんだ」

「やっぱり、そうだったか」

「あんまり仕事が早いんで、びっくりしたよ。多分、危機管理(クライシス・マネージメント)のエキスパートなんだろうな」

「その同業者の連絡先を教えてくれませんか。鶴岡さんに迷惑はかけません」

「それがね、先方さんは連絡先も教えてくれなかったんだよ。いつも、あちらが出向いてくれてたんだ」

鶴岡はそう言って、卓上の葉巻入れを引き寄せた。ハバナ産の最高級の葉巻だった。

「連絡先も明かさなかったですって!?」

「そうなんだよ。しかし、調査は正確だったね。それに報酬も安かった。たったの五十万円だったよ」

「ずいぶん安く請け負ってるな」

「数をこなしてるんだろうね」

「おたくのリークの件は、どこで聞きつけたんだろう?」

「それが、わたしにも不思議なんだよ。誰から話を聞いたのか、先方さんがわざわざ出向いてきて、ぜひ仕事をさせてくれと言ってきたんだ。よっぽど情報網を広く張り巡らせてるんだろうね」

「連絡先がわからなきゃ、お客さんは仕事の依頼ができないでしょうが」

「定期的にご用聞きをしてるみたいだよ。闇のビジネスだから、正体を知られたくないんじゃないのかな。もっとも、必要に応じて貸し机や私書箱を使ってはいるようだったがね」

「どんな奴が来たんです?」

多門は訊いた。鶴岡が葉巻に火を点けながら、不明瞭な声で応じた。

「三十六、七歳の物静かな男だったよ。マスクはよかったね」

「名前は？」

「佃義夫だったかな」

「そいつの書いた領収証を見せてくれませんか」

多門は頼んだ。

「領収証は切らないって約束だったんだよ」

「鶴岡さん、それはないでしょ？　こっちだって、会社関係の依頼のときはちゃんと領収証を切ってる」

「わたしは本当に領収証は貰ってないんだ。なんなら、わたしの机の中を引っ掻き回してみるかね？」

鶴岡は憮然とした面持ちで言い、むっつりと黙り込んだ。隠しごとをしているような顔つきではなかった。

収穫なしか。多門は胸中でぼやいて、立ち上がった。大股で専務室を出る。

エレベーターで、まっすぐ地下駐車場まで降りた。

多門はスマートフォンを使って、日東電子と同じように急に依頼をキャンセルしてきた企業や個人に電話をしてみた。鶴岡と同じ答えが返ってきた。佃義夫なる人物が、マーケットを荒らしているらしいことは間違いない。いったい何者なのか。

カローラに乗り込んだとき、ふと多門は旧知の杉浦将太に協力を仰ぐ気になった。

四十三歳の杉浦はプロの調査員だった。

かつては新宿署生活安全課の刑事だった人物だ。暴力団から金品を受け取っていたことが問題にされ、一年半ほど前に職場を追われてしまったのだ。

いまは、新橋にある法律事務所で調査の仕事をしている。身分は嘱託で、報酬は出来高払いだった。そんなことから、多門はちょくちょく杉浦に調査の仕事を回していた。

杉浦は元悪徳刑事だけあって、裏社会に通じていた。多門には頼りになる相棒だった。

多門は車を新橋に向けた。

昭和通りは渋滞しはじめていた。車はスムーズには流れない。

多門はカーラジオを点けた。選局ボタンを何度か押すと、ニュースが聴こえてきた。音量を高める。

国際関係のニュースが終わった。

男のアナウンサーが少し間を取って、国内のニュースを伝えはじめた。

「一昨日、東京兜町で起こった株券強奪事件の首謀者が、今朝九時ごろ、逃亡先の北九州市で逮捕されました。この男は住所不定、無職の戸部茂昌容疑者、三十五歳で、きのう捕まった共犯者の自供から、その潜伏先がわかりました」

アナウンサーが、いったん言葉を切った。

多門は耳をそばだてた。戸部茂昌という名に記憶があったからだ。

「逮捕された戸部容疑者は一年あまり前まで仕手集団『フェニックス』で、代表の鬼塚政行氏の右腕として働いていました。今回の犯行には、『フェニックス』の元社員と暴力団員が加わっていました。強奪した時価三億九千万円相当の株券は、すでに兵庫県に住む会社役員ら四人に売り渡されていました。そのほかのことは、まだわかっていません」

アナウンサーがまたもや間を取り、交通事故のニュースを語りはじめた。

多門はラジオの電源スイッチを切った。

ロングピースに火を点ける。戸部のことは、よく憶えていた。大手証券会社のエリート社員から、仕手筋に転身した男だ。

多門は一年半ほど前に、ある中堅商社の株買い占め事件の始末をつけていた。

そのときに暗躍したのが『フェニックス』だった。グループを率いていたのは鬼塚政行という会社乗っ取り屋だ。

当時、五十歳になったばかりの鬼塚は、派手な仕手戦を展開していた。狙われた企業は一社だけではなかった。鬼塚の経歴は謎に包まれていたが、五年あまり前から仕手筋の大物と呼ばれるようになっていた。

実際、彼は遣り手だった。その大胆さと決断の早さは、欧米などでグリーン・メーラーと呼ばれている企業の合併・買収のプロたちに匹敵するほどだ。

『フェニックス』は目をつけた企業の株を買い占め、人為的に株価を短期間に吊り上げる。値がピークに達したと判断すると、企業側に持ち株の高値買い取りを迫るわけだ。

多くの企業が苦りきりながらも、仕手筋の要求を受け入れるケースが圧倒的に多い。持ち込み株の引き取りを拒めば、彼らが役員として乗り込んでくることになる。

『フェニックス』はその方法で、巨額の利鞘稼ぎをして急成長した。

そうして、薬品関係の中堅商社の株を四百万株も大量買いしたのである。彼らのもくろみ通りに、二千円台だった株価はわずか六日で四千円台に急騰した。

経営の危機にさらされた商社の筆頭株主が多門に泣きついてきたのだ。

多門は、鬼塚の仕手戦の資金源をとことん調べ上げた。仕手戦資金の約九割は、メガバンクや大手生命保険会社から引き出されていた。その大半が無担保融資だった。

調べていくと、『フェニックス』がメガバンクや生保会社の弱みを握り、脅しをかけていた事実が明らかになった。

多門は仕手集団の犯罪事実を取引材料にし、持ち込み株のプレミアムを大幅に下げてやった。依頼主に感謝され、彼は二千万円の成功報酬を手に入れた。

その後、『フェニックス』に東京地検特捜部の手が入り、経営者たちに恐れられていた仕手集団は解散に追い込まれた。

鬼塚は一連の不正が発覚した後、恐喝、私文書偽造、贈賄、所得税法違反など七つの罪名で起訴された。しかし、実刑は免れ、二年の執行猶予付きで保釈の身になった。

三億円近い保釈金がマスコミで取り沙汰されたが、その後の消息は不明だ。世田谷区成城に構えていた豪邸も、確か人手に渡っているはずである。

昔のことで、鬼塚は自分のことを恨んでいるかもしれない。佃という男は、鬼塚の共犯者なのか。

多門は、短くなった煙草の火を消した。

そのときだった。ふと多門は、乗っ取り騒ぎに意外な裏があったことを思い出した。

『フェニックス』に株を買い占められた中堅商社の顧問弁護士が裏で鬼塚とも通じ、双方から多額の報酬を受けていたのだ。

石沢由隆という弁護士で、頭の切れる男だった。その当時、四十か、四十一歳だったのではないか。石沢は垂れ目で、いかにも人の好さそうな風貌をしていた。

だが、その素顔は典型的な悪徳弁護士だった。

表舞台では企業防衛のエキスパートとして脚光を浴びていたが、裏金融界でも暗躍していた。石沢は証券詐欺師、手形のパクリ屋、ブラックジャーナリスト、暴力団員などを使い、巧妙な経済犯罪を重ねていたのである。

多門は石沢弁護士の数々の悪行の裏付けを固め、東京地検特捜部に匿名で告発した。特捜部はすぐ捜査に乗り出した。

石沢は逮捕され、起訴された。

その段階で、彼は弁護士の資格を剝奪されることになった。石沢は拘置所に送られる途中で逃亡した。だが、三週間後に郷里の信州の山中で焼身自殺を遂げた。

逃げ切れないと観念し、人生にピリオドを打つ気になったのではないか。

石沢が死を選んだのは自業自得だろう。石沢のことよりも、いまは鬼塚だ。鬼塚は『誠実堂』にも何か恨みがあるのかもしれない。

多門はアクセルペダルを踏み込んだ。

東銀座の交差点を通過すると、いくらか車は滑らかに流れるようになっていた。新橋までは、ほんのひとっ走りだった。

4

「尾(つ)けられてるぜ、おれたち」

小柄な杉浦が爪先(つまさき)立ち、耳打ちした。

多門はすぐに振り返ろうとした。杉浦が、それを制す。

二人は新橋駅近くの交差点にたたずんでいた。横断歩道の信号は赤だった。

多門は口の端に楊枝(ようじ)をくわえていた。

杉浦と串カツを食べながら、ビールを飲んだ直後だった。午後二時近かった。

店の勘定を払ったのは杉浦のほうだった。いつからか、多門は他人に奢(おご)られることに抵抗を感じなくなっていた。男に見栄を張ることもないだろう。

「杉さん、どんな付録だい？」

「野郎が二人だ。堅気(ネス)じゃねえだろうな」

「外国人？」

多門は前を向いたまま、小声で訊いた。

だが、その声は杉浦には届かなかった。杉浦はがっちりとした体だが、身長は百六十センチそこそこしかない。

多門は二メートル近い巨体を大きく屈めて、同じ質問を繰り返した。

「二人とも日本人だと思う。三十歳前後だろうな、どっちも」

「路地に誘い込むか」

「クマ、真っ昼間だぜ。痛めつけてる間に、白と黒のまだらの車が何台も吹っ飛んでくらあ」

「そうなると、面倒だな」

「クマ、いくら出す？　おれが付録の正体探ってもいいよ」

「十万でどう？」

「引き受けた」

「金は後払いだぜ」

「しっかりしてやがる。信号が変わったら、クマは先に行ってくれ。鬼塚の件も、ちゃんとやるよ」

「頼むね」

多門は杉浦の肩を軽く叩いた。

そのとき、信号が青になった。多門は横断歩道を渡り、足を速めた。振り向きたい衝動を抑えて、突き進む。

多門は次の交差点に差しかかる手前で、脇道に入った。

と同時に、多門は走りはじめた。少し先に雑居ビルがあった。

多門は、そのビルのエントランスロビーに駆け込んだ。物陰に身を潜め、通りに視線を放つ。

少し経つと、尾行者らしき二人組が小走りに駆けていく姿が見えた。どちらも筋者風だったが、顔に見覚えはなかった。杉浦が目の前を通り過ぎていった。頬のこけた逆三角形の顔には、獲物を追う狩人のような真剣さが宿っている。

数分過ぎてから、多門はビルの外に出た。

尾行者たちや杉浦の姿は見当たらなかった。多門は駅前広場に足を向けた。カローラは、広場に面した有料駐車場に預けてあった。

多門は歩きながら、なんの気なしに道路の向こう側の歩道に目を遣った。

あろうことか、佐伯真理加がうつむきかげんに歩いていた。ツイード地のスーツを粋に着こなしている。

多門は大声で真理加を呼び止めた。

真理加が足を止め、匂うような微笑を拡げた。男の気持ちを寛がせるような笑顔だった。

多門は車道に飛び出した。車を次々に急停止させ、反対側の歩道に急ぐ。クラクションが幾重にも重なった。

「奇遇ですね、こんな所でお目にかかるなんて」

向き合うと、真理加が言った。

「ほんとだな」

「どちらに？」

「ちょっとね」

「今朝(けさ)は慌ただしい思いをさせてしまって、申し訳ありませんでした」

「なあに、どうってことないよ」

多門は面映(おもはゆ)くなって、伸びた無精髭(ぶしょうひげ)をしごいた。

「おかげさまで、いつもの時刻にお店を開けることができました。ありがとうございました」

真理加が礼を述べ、ふっと長い睫毛を翳(かげ)らせた。

多門は、その愁(うれ)い顔が気になった。姿なき敵が真理加を狙って動きはじめたのだろうか。

「何か厄介(やっかい)なことでも抱えてるのかな」

「いいえ、特に何も……」

「こっちには何をしに？」

「お店の集金に回ってましたの。でも、なかなかお支払いいただけなくて」

真理加が答えた。

「売掛金のいちばんでっかいやつは、いくらなんだい？」

「四百六十万円です。お客さまにも、ご事情がおありなんでしょうけどね」

「よし、そこから回ろう」

「はあ？」

「おれが取り立ててやる。そいつの所に案内してくれないか」

多門は言って、真理加の腕を掴んだ。真理加が小さく首を振った。

「待って、あなたにご迷惑はかけられません」

「おっとり構えてたら、未収分を踏み倒されてしまうよ。四百六十万を払おうとしない客は何者なんだ？」

「ゴルフの会員権を売買されている方です」

「いまは景気がよくないだろう。強引にでも取り立てないと、踏み倒されるよ。行こう」

多門は真理加の背を押した。

案内されたのは、すぐ近くの雑居ビルだった。三階に目的のオフィスがあった。

小さな会社だった。事務員は四人しかいなかった。社長室は奥にあった。
五十二、三歳の男が、ヴェスト姿でパターの練習をしていた。
「何度来てもらっても、ない袖は振れないよ」

「こちらも、道楽で商売してるわけじゃないんです」

「なんだね、きみは？」

男が初めて顔を上げた。多門のレスラー級の巨体を見て、幾分、たじろいだようだった。

「秘書ですよ」

「あんたが秘書だって!?」

「そうです」

多門はにっこり笑って、床に転がっているゴルフボールを抓み上げた。

男が、それを咎めた。多門は無言のまま、右手に力を込めた。ゴルフボールが軟球のように平たく膨らみ、じきに音を立てて爆ぜた。

男が驚愕し、後ずさった。多門は静かに言った。

「社長さん、払ってくれますよね」

「そんなばか力がなんだって言うんだっ。金なんかない。とっとと帰れ！」

男が喚いて、クラブを突き出した。クラブヘッドが上下に揺れていた。

「暴力はいけません、暴力はね」

多門はクラブを捥ぎ取り、すぐにへし折った。たいした力は必要なかった。千歳飴を折るような感じだった。

男が目を剝き、壁いっぱいまで退がった。もはや口を開こうとしない。

「金庫の中を覗かせてもらいますよ」

多門は大型金庫に近づいた。男が目を伏せた。

ダイヤル錠を靴の踵で蹴り壊し、重い扉を開ける。ゴルフ会員権の証書の束の脇に、帯封された百万円の束が八つほど積み上げてあった。

「社長さん、お金はあるじゃないですか。嘘はよくないな」

「その金は遣えないものなんだ。明日、支払うことになってるんだよ」

「そうですか」

多門はあくまで静かに言い、大型金庫を抱え上げた。

「おい、何をする気だっ」

「社長さんが逃げないよう、これを重しにしようと思ってね」

「ばかなことはよせ！　払う、払うよっ」

男は金庫の中に頭を突っ込み、札束を両手で摑み出した。

多門はにっと笑って、大型金庫を元の場所に置いた。男が四百六十万円を真理加に差し出した。真理加は何か夢を見ているような表情で現金を受け取り、領収証を男に渡した。

それから間もなく、多門たち二人は事務所を出た。

「多門さんは有能な秘書ですわ。わたし、なんだか魔法を見ているようでした」

エレベーターホールで、真理加が言った。笑いをこらえている顔だった。

「次に金額のでかい奴の所に連れてってくれないか」

「きょうは、もうこれで結構。そんなにご迷惑はおかけできませんもの」

「水臭いこと言うなって。車で来たの？」

「いいえ」

「じゃあ、おれのポンコツ車で回ろう」

「多門さん、後はわたしが自分で集金に回ります」

「いいから、おれにまかせておけって」

多門は明るく言って、真理加とエレベーターに乗り込んだ。

外に出ると、またもや真理加が遠慮した。多門は真理加の腕を捉え、駅前の有料駐車場に引っ張っていった。幾度か、真理加のハイヒールが脱げそうになった。

通りかかる男女が、多門に不審そうな眼差(まなざ)しを向けてきた。多門は少しも気にしなかった。

真理加をカローラの助手席に乗せ、すぐに車を発進させる。

次の取り立て先は品川だった。相手の商店主は多門の巨軀を見ただけで、すんなりと絵の代金の残りを支払った。額は百二十五万円だった。

三人目は神田に店を構えていた。

貴金属商だ。その中年男は、堅気ではないらしかった。金を取りにいく振りをして、店の奥から日本刀を持ち出してきた。

真理加が怯えて、悲鳴をあげた。

だが、多門は少しも怯まなかった。素早く男の日本刀を取り上げ、一発だけ右フックを放った。パンチは相手の頰骨を鳴らした。

男は急に戦意を失い、未払いの八十六万円を差し出した。まるで別人のようにおとなしくなっていた。多門はおかしかった。

車に戻ると、真理加が申し出た。

「お礼に何かさせていただきたいの。お食事か、お酒でもいかがでしょう？」

「それなら、そっちの部屋で酒を飲みたいな」

「いいですよ」

真理加が小声で答えた。

多門は口笛を吹き、すぐにオンボロ車を走らせはじめた。

真理加のマンションは四番町にあった。JR市ケ谷駅の近くだ。それでいて、街の喧騒は少しも伝わってこない。閑静だった。

建物の造りもゴージャスで、目を惹く。

いかにも高級賃貸マンションという感じだ。入居者の約半数は、欧米人らしい。真理加の部屋は十階の角部屋だった。

玄関に入ると、マルチーズが奥から走り出てきた。

犬は多門に激しく吼えた。真理加が窘めても、鳴き熄まなかった。多門は苦笑した。

「しようのない子ねえ」

真理加がペットを抱き上げ、客用のスリッパを玄関マットの上に揃えた。ムートンだった。

多門は靴を脱いだ。

玄関ホールから、長い廊下がつづいている。その奥に、二十五、六畳のリビングルームがあった。家具や調度品は、値の張りそうな物ばかりだった。

「この子を自分のハウスに入れてきます。どうぞお掛けになって」

真理加が柔らかな声で言って、リビングから出ていった。

多門は深々としたソファに腰を沈めた。室内には、ハーブの香りがうっすらと漂っている。甘やかな匂いだった。

少し経つと、マルチーズがおとなしくなった。ドッグフードでも与えたのか。

多門は煙草をくわえた。

真理加が戻ってきて、すぐにダイニングキッチンに消えた。十分ほど経つと、スコッチとオードブルが運ばれて来た。ウイスキーはキング・オブ・キングスだった。

「水割りがよろしいかしら？」

「ロックにしてもらえるかな」

多門は言った。

真理加がうなずき、手早く酒の用意をした。自分の分は水割りだった。

二人は差し向かいで飲みはじめた。

真理加の動作が、ぎこちない。どうやら緊張しているらしかった。

多門は、立てつづけにロックを三杯呷った。スコッチは久しく飲んでいなかった。このところ、ずっと焼酎ばかりだった。

「あなたに何かお礼をしなければいけないわね。ちょっとバスルームに……」

真理加は四杯目のロックをこしらえると、意を決したように言った。

多門は曖昧な返事をした。どうやら、こちらの思いが伝わったようだ。密かに舌嘗りする。

　真理加が立ち上がり、リビングルームから消えた。浴室は、ダイニングキッチンの向こう側にあるらしかった。

　多門は四杯目のグラスを空けると、ソファから立ち上がった。真理加の裸身を想像し、早くも全身が昂まりかけている。人質の四人を案じながらも、欲情には勝てなかった。男の性欲を呪う。

　真理加と一緒にシャワーを浴びる気になった。多門は腰を上げた。浴室は造作なく見つかった。

　だが、脱衣室のドアがロックされていた。ドア・ノブを壊すことはたやすい。しかし、それはしなかった。楽しみは、とっておいたほうがいい。

　すぐ近くに寝室があった。そこに入る。

　部屋の明かりは灯っていた。広かった。ウォークイン・クローゼット付きだった。ベッドはセミダブルだ。外国製だろう。

　室内は、ほどよい暖かさだった。

　多門は素早く裸になった。エスニック調のベッドカバーを剥ぎ、ベッドに仰向けになる。スプリングの具合は悪くない。

五分ほど過ぎると、かすかな足音がした。

多門は上体を起こした。真っ白いバスローブをまとった真理加が寝室に入ってきた。

「あなたもシャワーを……」

そう言いかけ、彼女は言葉を呑んだ。多門の猛り立った性器が目に入ったのだろう。

多門は起き上がった。そそり立った男根が、勢いよく腹を打つ。美人画商は伏し目になった。真理加に歩み寄る。二人は一瞬、見つめ合った。

多門は、真理加のバスローブのベルトをほどいた。

薄紅色に染まった肌が覗いた。ローブの前を大きく押し開くと、真理加が目を閉じた。

多門は裸身をとっくりと眺めた。

期待通りの体だった。たわわに実った乳房は、重たげに息づいている。くびれたウエストから腰にかけての曲線が何とも悩ましい。

ほぼ逆三角形に繁った飾り毛は、まるでオイルをまぶしたように光沢があった。

腿もむっちりとしている。脚はすんなりと長い。足首は、きゅっと引き締まっていた。

「きれいな体だ。惚れ惚れするよ」

多門は、真理加の肩からバスローブを滑らせた。それは、真理加の足許に落ちた。

すぐに多門は真理加を抱き寄せ、唇を重ねた。

真理加が積極的に吸い返してくる。熱い反応に、多門の体はますます雄々しく猛った。ディープキスをしながら、真理加のヒップと乳房を同時に愛撫しはじめる。肌は白磁のように滑らかだった。

真理加が息を弾ませはじめた。しなやかな指が、多門の背や腰を這う。

多門は徐々に腰を落としはじめた。

喉、項、耳を舌でなぞり、硬く張りつめた乳首を交互に含む。舐め回し、弾き、吸いつけた。真理加は切なげに呻きつづけた。

多門は唇と舌で戯れながら、秘めやかな部分をバナナのような指で探った。敏感な突起は生ゴムのような手触りだった。弾みが強い。

痼りを揉みほぐすように抓むと、真理加は肉感的な裸身を震わせた。口からは、呻き声が洩れた。腰もわずかに反った。

多門は真理加の官能を刺激しつづけた。分身が、一段と増長した。

長い情事になりそうだった。

5

静かだ。

物音ひとつしない。多門は、ベッドで煙草を吹かしていた。腹這いだった。かたわらで、真理加がかすかな寝息を刻んでいる。

どちらも全裸だった。ほんの少し前まで、二人は烈しく肌を求め合っていた。

真理加は死んだように動かない。

三度目の交わりを終え、さすがに疲れたのだろう。ベッドの中の真理加は、別人のように奔放に振る舞った。間断なく歓喜の声をあげつづけた。快感が極まると、きまって彼女は多門の肌に歯を立てた。

ロングピースが短くなった。多門はクリスタルの灰皿を引き寄せ、煙草の火を揉み消した。弾みで、何かがナイトテーブルから落ちた。それは、東日本女子大文学部仏文科の同窓会名簿だった。多門は名簿を床から拾い上げ、見るともなしにページを繰った。真理加の名は、中ほどのページに載っていた。旧姓は青井だった。

名簿をテーブルの上に戻したついでに、自分の腕時計を見る。午前一時過ぎだった。

このまま眠らせてやろう。

多門は、真理加の貝殻骨に軽く唇を押し当てた。別れのくちづけだった。

そっとベッドを降りた。そのとき、真理加が目を覚ました。

「わたし、眠ってしまったのね」

「少し寝たほうがいいな」

「あなたは？」

「代官山の自宅に帰るよ」

多門は言った。

真理加が上体を起こし、恥ずかしそうに問いかけてきた。

「わたしのこと、驚いたでしょ？」

「何が？」

「淫乱な女だと思ったんじゃない？」

「いや、そうは感じなかったよ。いい思いをさせてもらって、ありがたかった。あんたが、ますます好きになりそうだ」

「あんたなんて言い方はいや。真理加って呼んで」

「しかしな……」

多門は語尾を濁した。彼にはシャイな一面があった。一、二度寝ただけで、相手の女を呼び捨てにすることはできなかった。

「興奮すると、わたし、自分が何をしているのかわからなくなっちゃうの」

真理加が、恥じらいつつ言った。

「おれの目には女神に見えたよ」

「きっと死にたくなるような恥ずかしいことをしたのね。それから、ふつうは口にできないようなことも言ってしまったんでしょ？」

「最高だったよ」

多門は心底、そう思っていた。

真理加が救われたような顔つきになり、親しみの籠（こも）った口調で言った。

「ね、あなたの体を洗わせて」

「そんなことは、させられない」

多門は即座に言った。

「どうして？」

「なんか畏れ多い気がしてね」

「それなら、泊まって」

「そうしたいところだが、ちょっと用事があるんだ」

「残念だわ。次は朝まで一緒にいてね」

真理加が甘やかな声で言った。

「もちろん！　買った絵、しばらく預けておくよ。何日か留守にするかもしれないんだ」

「そうなの。それじゃ、あなたの絵はここに運んでおくわ。絵が観(み)たくなったら、いつでも来て」

「ああ。そうだ、戸締まりをきちんとしてから寝たほうがいいな」

「いつもそうしてるわ」

「海でのこともあるしな。怪しい人間を見かけたら、すぐにおれに連絡してくれないか」

「ええ、そうさせてもらうわ」

「とにかく、気をつけてくれ」

多門は身繕(みづくろ)いをすると、玄関ホールに向かった。脅迫者のことを明かさなかったのは、真理加を不安な気持ちにさせたくなかったからだ。マルチーズが数度、激しく吼(ほ)え立てた。

真理加に見送られて、部屋を出る。

二時を少し回っていた。高級マンションの廊下は、ひっそりと静まり返っていた。

エレベーターで、地下駐車場に降りる。

旧式のカローラは、マセラティとジャガーFタイプに挟まれていた。両隣が高級外車のせいか、カローラは一際(ひときわ)みすぼらしく見えた。

多門は車を発進させた。道路は気味が悪くなるほど空(す)いていた。

二十分そこそこで、自宅のマンションに帰りつくことができた。

部屋に入ると、多門は固定電話のディスプレイを覗き込んだ。留守録に伝言が入っていることが表示されていた。

音声を再生する。杉浦の声が吹き込まれていた。帰宅次第、下高井戸(しもたかいど)の自宅に電話をかけてくれないか。それだけのメッセージだった。

多門は巨大なベッドに腰かけ、すぐに杉浦の家に電話をした。

少し待つと、杉浦の寝ぼけ声が流れてきた。

「クマか？」

「そう」

「スマホの電源が入ってなかったみてえだから、自宅の固定電話にかけたんだよ。また、女の尻を追っかけ回してやがったんだろ？」

「いい勘してるな」

「どこの女に入れ揚げてるんだ」

「そんなことより、例の付録は何者だったのかな？」

多門は無駄話を遮った。

「そいつがみっともねえ話でな」

杉浦の声が沈んだ。

「撒かれてしまった？」

「そうなんだよ。奴らはおれの尾行に途中で気づいたらしくて、発車寸前の地下鉄からホームに飛び降りやがったんだ」

「杉さんもヤキが回ったね」

「このぐらいの失敗は愛嬌だろうが」

「負け惜しみの強え父っつぁんだぜ。杉さん、謝礼の十万は払わないよ」

「わかってらあ」

「で、鬼塚のほうはどうだったのかな」

「そっちは、うまくやったよ。三年ほど前に鬼塚はダミーを使って、『誠実堂』の乗っ取りを謀りかけてた」

「情報源は？」

「ベテランの証券マンから聞いた話だから、間違いねえだろう」

「詳しく話してくれないか」

「鬼塚は、『誠実堂』の株を七百万株ほど買い漁ったらしいんだ。『誠実堂』の来栖とかいうオーナー社長は対抗策として、すぐに増資を計り、さらに小口の浮動株を買い集めたそうだ」

「来栖社長ってのは、強気なことで有名だからね」

「そうなんだってな。来栖はそれだけじゃなく、株価を操作してるのが鬼塚だってことを経済ジャーナリストたちに派手に書かせたらしいんだ。むろん、その根回しにゃ、かなりの金を注ぎ込んだって話だったよ」

「それで？」

多門は先を促した。

「その作戦は大成功だったらしい。マスコミ報道でからくりを知った便乗組の仕手筋や一般投資家たちが、いっせいに〝売り〟に回ったらしいんだよ」

「なるほどね。来栖って男もやるもんだな」

「ああ。そのせいで高値安定してた『誠実堂』の株価は急落し、鬼塚は持ち株を抱えきれなくなったらしい。仕手戦の資金の大半は銀行やノンバンクからの借り入れだったとかでな」

「で、鬼塚は持ち株の引き取りを来栖に迫ったわけだ？」

「そう。鬼塚は表面には出ずに、ダミーを使者に仕立てたそうだよ。しかし、来栖は持ち込み株の引き取りを突っ撥ねたらしいんだ」

「ふうん」

「経営権を得られるほどの株を所有してない鬼塚は、進退きわまっちまった。それで、結局、大物の財界人に泣きついたらしいよ。それで、何とか持ち株をプレミアムなしで処分することができたそうだ」

「鬼塚は金利分をそっくり損した計算になるわけだな」

「そういうことになるな。損失額は百億円近かったって話だったぜ」

杉浦が具体的な数字を口にした。

「そのことで、鬼塚は来栖社長に仕返しする気になったのかもしれないな」

「考えられなくはねえよな。クマ、鬼塚の居所は摑んでるのか？」

「いや、まだ……」

「調べようか？」

「そっちはおれにもできそうだ。杉さんには、勇三郎丸の船長に会いに行ってもらうかな」

多門は、船を乗っ取られた男が三崎口の荒崎総合病院に入院しているらしいことを話した。

「その線から、何かわかるかもしれねえな」

「今度は失敗(ドジ)らないでほしいね」

「クマ、ちょっと性格が暗くなったんじゃねえのか？」

「そんなことより、奥さんはどうなの？」

「相変わらずだよ」

杉浦の声が急に暗くなった。彼の妻は交通事故に遭(あ)い、数年前から病院のベッドで寝たきりだ。意識はまったくない。

杉浦は妻の意識を蘇(よみがえ)らせたい一心で、さまざまな治療を試みてもらった。どれも保険の利かない治療だった。

杉浦は高額の治療費を払いきれなくなって、新宿の暴力団に手入れの情報を売るようになったのである。

彼は子供には恵まれなかった。妻だけが唯一(ゆいいつ)の家族だった。かけがえのない者のため、あえて杉浦はダーティーな生き方を選んだわけだ。

多門は、そんな杉浦にある種の好感を抱いていた。

杉浦は心根まで腐りきった人間ではなかった。他人の痛みには、きわめて敏感だった。

「杉さん、奇蹟を信じろよ」

「そうだな。ここでおれが投げちまったら、女房は……」

「そうだよ」

多門は言葉に力を込めた。

「クマ、そろそろ電話切るぞ。さっきから、新宿で拾ってきた女がおれの股の間にうずくまって、焦れてやがるんだ」

「四十三にもなって、まだ見栄張りたいのか」

「ちぇっ、お見通しだったか」

杉浦が苦笑して、先に電話を切った。

佃義夫は、鬼塚の手下にちがいない。これから、鬼塚を追い込む気になっていた。

多門は受話器を置いた。

第三章　人質の全裸死体

1

乗客は疎(まば)らだった。

多門は新幹線の震動に身を委(ゆだ)ねていた。自由席だった。

〈こだま441号〉は、数分前に静岡駅を離れたところだ。真理加を抱いた翌日の午後である。四時近かった。

多門は午前のうちに、かつて鬼塚政行が住んでいた成城(せいじょう)三丁目の豪邸を訪ねた。

そこで教えられた鬼塚の転居先は、目黒(めぐろ)区碑文谷(ひもんや)五丁目にある借家だった。その家には、鬼塚は九カ月しか住んでいなかった。

家主に何度も頼み込んで、鬼塚の転居先を教えてもらう。ついでに電話番号も、うまく聞き出した。引っ越し先は静岡県浜松市だった。

多門は鬼塚の転居先に電話をかけた。そこは『ラッキー』というディスカウントショップだった。鬼塚は、その店を経営しているようだ。多門はタッチコール・ボタンを押し違えたことを詫び、そそくさと電話を切った。

こうして彼は、午後二時十六分に東京駅を発った列車の中にいるわけだ。相変わらず懐は淋しかった。

敵の狙いが見えてこない。

多門は車窓に目をやった。遠くに低い山の連なりが見える。

敵は、まず多門の稼業の妨害をし、さらに襲撃者たちを差し向けてきた。その間に志穂たち五人を次々に拉致して、残酷な嬲り方をしている。それに加えて、『誠実堂』社長の娘の誘拐だ。

これまでの調べでは、鬼塚が最も疑わしい。しかし、鬼塚が首謀者である確証はまだ何も摑んでいなかった。

多門はレザージャケットの内ポケットを探って、特急・乗車券を抓み出した。

目的駅の浜松着は午後四時二十一分だった。あと三十分足らずで、浜松に着く。

チケットを内ポケットに戻したとき、杉浦から電話がかかってきた。

「クマ、勇三郎丸の船長に会ってきたぜ。神奈川県警の現職刑事になりすましてな」

「ご苦労さん！　それで？」

「川島(かわしま)って船長の話によると、船を乗っ取った三人組は関西弁を喋(しゃべ)ってたらしいよ」

「関西弁か」

「そう。大阪弁か神戸弁かはわからないが、京都弁ではないようだったと言ってたな」

「三人組は極道ふうだったって？」

「そんな印象だったらしい。三人のうちのひとりは、海や船についての知識がかなりあったそうだ」

「漁師か、船員崩れ臭いね」

多門は言った。語尾に、杉浦の声が被さった。

「おそらくな。それからな、クマ。これは川島が三崎署の署員から聞いた話らしいんだが、城ケ島のマリンスポーツ会社から、二台の水中スクーターとスキューバダイビングの器具一式がふた組かっぱらわれたそうだぜ」

「海の中でおれたちに襲いかかってきた二人組の仕業にちがいないよ」

「だろうな」

「引きつづき、佃義夫の調査に取りかかってくれないか」

「少し時間がかかるかもしれねえぜ」

「杉さん、いい手があるよ」

多門は、あることを思いついた。杉浦が早口で問いかけてきた。

「どんな？」

「おれに仕事を頼んでおきながら、急にキャンセルしてきた依頼主(クライアント)のすべてに脅迫電話をかけて欲しいんだ。過激派のメンバーか何かに化けてさ」

「撒き餌(まえ)で、佃を誘(おび)き寄せようって作戦か？」

「そういうこと！　佃が噂をキャッチして、依頼主の誰かんとこに行くかもしれないだろ？」

多門は懐から手帳を抓(つま)み出し、該当する依頼人名を読み上げた。それから杉浦を犒(ねぎら)って、先に電話を切った。

鬼塚は、関西の極道どもを捨て駒として動かしているのか。二人の外国人も、連中の仲間なのだろう。問題は鬼塚と佃って野郎の接点だ。

列車は定刻に浜松駅に到着した。

乗降客は少なかった。多門はホームに降り、手脚を思うさま伸ばした。強張(こわば)っていた筋肉がほぐれた。

多門は新幹線の改札を出た。

八十万人都市らしく、駅前には高層ビルが連なっていた。地下広場のバスターミナルは洒落た造りだった。そこから、浜名湖周辺の観光地に向かうバスが出ている。観光客らしい姿がちらほら見えた。

多門は、この駅には四、五回降り立っている。

宝石デザイナーの奈良沙織と舘山寺温泉で遊んだのは、去年の初夏だった。

舘山寺温泉は浜名湖の湖岸にある温泉場だ。浜松駅から車で三十五分ほどの所にある。早くから観光地として人気を集めているせいか、鄙びたたたずまいはない。

だが、対岸にある大草山の頂に設けられた展望台からの眺望は素晴らしかった。

眼下に複雑に入り組んだ浜名湖が横たわり、その先に茫洋たる遠州灘が拡がっている。

かすかに揺れるロープウェイの中で、高所恐怖症の沙織は多門にしがみついて、ずっと目をつぶっていた。そのときの情景が、まだ頭のどこかに残っていた。思い出すと、頬が緩む。

比企千晶とは以前、弁天島温泉の高層ホテルに泊まっている。

弁天島は、浜名湖南端に浮かぶ七つの島のうちの一つだ。海寄りにあって、国道一号線と新幹線や東海道本線の線路に挟まれている。

遠州灘の荒波と新幹線を眺めながら、千晶とつついた料理はうまかった。浜名湖名産の鰻よりも、湖で獲れた穴子の白焼きのほうが美味だった。

浜名湖には、海水魚と淡水魚が一緒に棲息している。千晶は、そのことをしきりに不思議がっていた。

ツアーコンダクターの松永未来に誘われて奥浜名を旅したのは今年の春だ。

そのあたりは湖北と呼ばれ、あまり観光化されていない。ことに岩礁の多い猪鼻湖のあたりには、しっとりとした風情があった。

老松の影がひっそりと湖面に落ちていた。近くには禅寺があって、趣があった。

ただ、視線を延ばすと、湖上を跨ぐ東名高速道が見えてしまう。それが残念だった。

旅装を解いたのは、三ケ日にある和風旅館だった気がする。

部屋の窓から大きな橋が見えた。沈む夕陽を眺めている未来に背後から挑みかかり、やんわりと窘められたことをはっきりと憶えている。

拉致された五人には、それぞれ思い出がある。全員、失いたくない女性だった。一刻も早く救出してやりたい。

多門は強い焦躁感を覚えながら、駅前のタクシー乗り場に急いだ。懐には三十数万円しかない。やくざ時代の舎弟から借りた金だった。

数台の空車が客を待っていた。多門はタクシーに乗り込み、行き先を告げた。

初老の運転手はサービス精神が旺盛だった。進んで観光ガイドを務め、浜松城の説明をしはじめた。多門は時々うなずいてみせたが、話はほとんど聞いていなかった。歴史には興味がない。

鬼塚の転居先は、浜松の市街地から二十数分走ったあたりにあった。

多門は国道一五二号で車を降りた。国道と並行する形で、遠州鉄道の線路が走っている。国道には、自衛隊の輸送トラックが往き来していた。近くに浜松基地がある。

該当する番地には、一軒のディスカウントショップが建っていた。

『ラッキー』という派手な看板が、いやでも目に飛び込んでくる。店舗はそれほど大きくない。

多門は店の中に入った。電器製品、衣料品、ゴルフセット、時計、バッグ、ＤＶＤプレイヤー、電話機、パソコンなどが所狭しと並んでいる。

多門は、ショーケースの中の高級腕時計を覗いてみた。

コルムのダイヤ入りの紳士ものが、たったの八万円だった。まともに買えば、百五十万円はする腕時計だ。有名ブランド品のコピーものに間違いない。

国産品は、定価の三、四割引きの値がつけられている。こちらは本物だろう。

奥に進むと、店長らしき三十二、三歳と思われる男がいた。空豆を連想させる顔立ちだった。

　多門は歩み寄って、男に話しかけた。

「鬼塚政行って男が、ここに住んでるはずなんだがな」

「社長の鬼塚は最近、別の所に引っ越したんですよ。以前は、この店の二階に住んでたんですけどね」

「そうだったのか」

「失礼ですが、うちの社長とはどういったご関係なんでしょう？」

　男が訊いた。

　多門は、鬼塚のかつての株仲間を装った。相手は怪しまなかった。鬼塚がきのうの朝、香港(ホンコン)に買い付けに出かけたことを教えてくれた。帰国するのは、ちょうど十日後らしい。

　その話を聞いて、多門はがっかりした。わざわざ借金をして浜松を訪れたのに、なんと不運なのか。

「お名前とご用件をお教えいただければ、わたしが必ず鬼塚に伝えますが……」

「ちょっと混み入った話なんだよ。といっても、鬼塚さんには悪い話じゃないんだがね」

　多門は、気を惹(ひ)くような言い方をした。と、相手が話に乗ってきた。

「そういうことでしたら、社長の自宅に行かれて、奥さんに話をされたらどうでしょう？」

「そうするか」

「いま、社長の自宅の住所をお教えします」

店長らしき男は手帳を取り出し、すぐに豆鉛筆を走らせはじめた。怪しまれてはいないようだ。

「佃さんは元気かな？」

「どなたです、その方は？」

「鬼塚さんの友人だよ」

多門は言い繕った。

「そうですか。わたしは存じ上げません」

男が手帳のページを引き千切り、それを差し出した。鬼塚の自宅は、掛川市の城西という所にあるらしい。

電話で無線タクシーを呼んでもらう。

店の前で五分ほど待つと、タクシーが迎えにきた。運転手は、ひどく無愛想な初老の男だった。多門には、かえってありがたかった。相手が無口なら、雑談をしなくて済む。

車は浜松駅方面に引き返し、国道一号線に入った。そのまま東京方面に向かう。

浜松の市街地を抜けると、右手に走る東海道本線の高架防壁がよく見えるようになった。

住宅の密集度が、それだけ低くなったということだ。

タクシーが掛川市内に入ったのは、およそ三十分後だった。

窓の外には黄昏の気配が迫っていた。浜松と較べると、市街地はだいぶ狭かった。

城西という町は一号線から左に少し入ったあたりにあった。

鬼塚の自宅は造作なく見つかった。ごくありふれた二階建ての家屋だった。

多門は鬼塚の家の斜め前にタクシーを停めさせたが、外には出なかった。鬼塚の自宅の場所を確認しておきたかっただけだ。

もちろん、鬼塚が香港に出かけたことが事実かどうか、家族に確かめてみたい気持ちはあった。買い付けに出かけるなら、彼が宿泊しているホテルも知りたかった。

しかし、鬼塚の妻に顔を晒すのは賢明なことではないだろう。そう考えたわけだ。

「掛川駅に行ってほしいんだ」

「お客さん、何かまずいことでもしたんですか?」

運転手が前を向いたまま、小声で訊いた。

「どういう意味なのかな?」

「『ラッキー』を出てから、ずっと同じ車が尾けてるよ」

「なんだって!? バックミラーをこっちに向けてくれないか」

多門は言って、前のシートに肘を掛けた。

運転手がミラーを動かした。多門はミラーを覗き込んだ。

数十メートル後方に、白いクラウンが停まっている。大阪ナンバーだ。

車内には三人の男が乗っていた。

助手席の男は片方の腕を三角巾で吊っている。きのうの夜明けに、城ケ島沖の海中で多門が肘関節を捩じ切った男のようだ。運転席にいるのは、水中銃を持っていた男かもしれない。

男たちをどこかに誘い込んで、痛めつける気になった。多門は、ミラーを元の位置に戻させた。

「お客さん、車を警察署の前につけようか」

運転手が言った。

「いや、どこか人気のない場所に連れてってくれないか」

「尾行してきた連中とやり合う気なの!?」

「メーターの三倍払うよ。早く車を出してくれ」

多門は、運転席の背凭れにマスクメロンほどの拳をめり込ませた。

運転手が気圧され、急いで車を発進させる。タクシーは市街地に出ると、郊外に向かった。

やがて、民家は一軒も見当たらなくなった。

不審なクラウンは一定の距離を保ちながら、タクシーを追ってくる。

多門はタクシーを停めさせた。約束通りにメーター料金の三倍を払って、車を降りる。無駄な出費は避けたかったが、約束は約束だ。タクシーは来た道を慌ただしく引き返していった。揉め事に巻きこまれたくないのだろう。多門は小さく振り返った。

クラウンは数十メートル後ろに停止していた。

多門は走りはじめた。

追っ手に逃げたと思わせ、近くの林の中に身を潜める。クラウンが、かなりのスピードで追ってきた。あたりは薄暗い。深い葡萄色だった。だが、多門に不安はなかった。目がよく、夜目も割に利く。

白いクラウンが停まり、三人の男が外に飛び出してきた。

多門は近くに転がっている岩を片手で摑み上げた。バレーボールの球ほどの大きさだった。尖っていた。

それを先頭の男に投げつけた。

岩は、まともに男の顔面に当たった。濡れた毛布を棒で叩いたような音がして、男が朽ち木のように後ろに倒れた。凄まじい声を放ったのは、倒れてからだった。

仲間のひとりが倒れた男に走り寄る。

三角巾をしている男が慌てて懐から自動拳銃を抜き出した。多門は目を凝(こ)らした。

ヘッケラー&コッホP7だった。ドイツ製のオートマチックだ。口径が大きいにもかかわらず、全体にコンパクトにできている。全長は十七センチ弱だ。

「おら、出て来んかい!」

三角巾の男が拳銃を構えながら、胴間声(どうまごえ)を張り上げた。

多門は屈(かが)み込んで、小石を拾い上げた。それを右手の暗がりに投げた。小石が樹木の幹に当たった。ほとんど同時に、乾いた銃声が轟(とどろ)いた。

銃口炎(マズル・フラッシュ)が男の右手を照らした。

放たれた九ミリのパラベラム弾が数本の小枝を弾(はじ)き飛ばす。

多門は中腰で、左に移動した。三メートルほどの丈(たけ)の樹木が倒れかけていた。種類はわからない。幹の太さは直径二十五、六センチだった。

多門は、それを折れた箇所から捥(も)ぎ取った。

物音で、男に気づかれてしまった。二弾目が発射された。

銃弾が多門の頭の上を掠(かす)めた。衝撃波で、髪全体が揺れ動いた。

多門は、倒木を軽々と小脇に抱えた。

道に躍(おど)り出て、抱えた倒木を肩の高さまで持ち上げる。三角巾の男が三発目を放った。弾丸が枝の間を抜け、多門の腋の下のあたりを通過していった。

「これでも喰らえっ」

多門は槍投げの要領で、三メートルあまりの倒木を宙に放った。空気が鳴った。

それは、三角巾の男の腹に命中した。

男が倒木とともに、数メートル吹っ飛んだ。ヘッケラー&コッホが暴発しながら、男の手から離れた。落ちた拳銃を無傷の男が、拾いに走った。

多門は巨身を大きく跳躍させ、その男の腰を蹴りつけた。飛び蹴りだった。

男は四、五メートル前のめりに泳ぎ、路上に倒れ込んだ。まともに顔面を打ちつけ、転げ回った。

多門は自動拳銃を拾い上げた。

銃身が、わずかに熱を帯びている。多門は三角巾の男に近づいた。男がぎょっとして、身を起こした。恐怖で頰の肉が歪んだ。

多門は素早く男の頭髪を引っ摑んだ。

「だ、だ、誰に頼まれて、こ、このおれさ、尾けてたんだっ。言うべし!」

「…………」

「い、いいべ」

多門は奥二重のきつい目を片方だけ眇め、銃口を男の左の上瞼に押しつけた。強く押すと、男が体を縮めた。口から悲鳴が洩れた。

多門は相手の髪の毛を引き絞り、銃把の角で眉間を強打した。骨の砕ける音がした。男が獣じみた声をあげ、膝から崩れた。

多門の掌に夥しい量の髪が残った。さきほど拳銃を拾いかけた男が立ち上がって、匕首を引き抜いた。

多門は無造作に引き金を絞った。

放った銃弾が、男の肩の肉を抉り飛ばす。

右の肩だった。男はバレリーナのように旋回し、その場に倒れた。刃物は遠くに飛んでいた。

顔面を血で濡らした男は、同じ場所で呻きつづけている。もはや歯向かう気力もないようだ。多門は、三角巾の男のそばに戻った。目に凄みを溜めて、男を睨みつける。

男が戦きながら、早口で命乞いした。

「う、撃たんといてくれ。わしら、鬼塚さんに頼まれたんや」

「な、何さ頼まれたんだっ」

「あんたを殺さん程度に痛めつけろ言われてたん」

「お、おめら、どごの者だ？」

「そ、それだけは堪忍してや。組にわしらの裏仕事がわかってしもうたら、三人とも消されてまう」

「言わねば、こ、ここで、おれがおめら三人を撃ぐど！」

多門は声を張った。

「大阪の生島組の者や」

「バ、バックは神戸連合会だべ？」

「そや。けど、今回の仕事は組とも神戸の本家とも関係ないねん。わし個人が鬼塚はんに頼まれたんや」

「お、お、鬼塚の狙いは何なんだ？」

「そこまでは知らへんのや」

「つ、佃義夫って野郎は仲間なんだべっ」

「知らんわ、そない男のことは。ほんまや、嘘やないて」

男が大声で訴えた。

多門は無言で、男の腹に三十センチの靴を半分ほど埋めた。

男が激しくむせて、血反吐を撒き散らした。血の色は暗くてよく見えなかった。だが、臭いでわかった。多門は一度しか足を飛ばさなかった。男は事実、佃のことは知らないようだった。

「お、鬼塚はどごにいる？　早ぐ吐け！」

多門は怒鳴った。

「ほんまに知らんのや。鬼塚さんが、わしらの泊まってるホテルに連絡してくるねん。嘘やないて。もう勘弁してんか」

「お、おめ、なんて名だ？」

「藤本だす」

男が怯えながら、震え声で答えた。

多門は丸太のような脚で、藤本と名乗った男の喉を蹴りつけた。ほかの二人にも鋭いキックを浴びせ、クラウンに乗り込む。当然、拳銃は返さなかった。

車には、キーが差し込まれていた。

多門はエンジンを唸らせた。いつしか夜の気配が濃くなっていた。

2

赤い塊が見えた。

人間の耳だった。凝固した血糊は、だいぶ黒ずんでいる。耳朶が大きい。

多門は思わず息を詰めた。自宅マンションの居間だ。

静岡に出かけた翌日の夕方である。ついさきほど、また〝中村一郎〟から速達小包が届けられたのだ。

敵の見せしめだろう。憎悪と怒りが膨らんだ。

多門は血塗れの耳を抓み、左の掌に載せた。ひんやりと冷たい。

切り口は鮮やかだった。鋭利な刃物で一気に斬り落とされたらしい。

おそらく、綾子の耳だろう。綾子は耳朶が大きかった。肉厚でもあった。

多門は切断された耳を油紙に戻し、丁寧に包み直した。容易に姿を見せない敵への怒りが膨らみ、内臓まで熱くなった。全身の血管が膨れ上がっている。

速達小包には、白い封筒が同封されていた。

その中身は十数葉の写真だった。

五人の人質は素っ裸にされていた。揃って後ろ手に縛られ、柱に繋がれている。一様に表情が虚ろだ。

彼女たちの背後に、十畳間ほどの和室が見える。五組の夜具が乱雑に敷いてあった。似たようなアングルで、四枚ほど撮られている。

多門は怒りに身を震わせながら、写真を捲りつづけた。太い指も震えている。

志穂たち五人は四つん這いに並ばせられ、後ろから男たちに貫かれていた。男たちは全員、サバイバルナイフを握っていた。その刃先は、女たちの喉、乳房、脇腹、背などに押し当てられていた。男たちの顔は写っていない。

顔立ちや肌の色から察して、三人は日本人のようだった。残りの二人は、例の赤毛の白人と東南アジア系の男らしい。その二人に、志穂が辱められている写真もあった。

志穂は赤毛男の性器を含まされたまま、タイ人らしい男の上に跨がされていた。ナイフの切っ先が志穂の白い下腹に埋まっている。

刃先が赤かった。血の粒だった。

沙織は黒い麻のロープで、全身を縛り上げられていた。奇妙な恰好だった。

ロープは沙織の両腕を縛り、さらに両脚の自由も奪っていた。脇腹には、菱形の編み目が盛り上がっている。両膝を大きく開く恰好だった。

張りつめたロープが尻の谷間に深く沈み、はざまの肉も圧し潰されている。歪んだ性器が見るからに痛々しかった。

野郎どもの腸を抉り出してやる！　多門は胸底で吼えた。

綾子は獣姦を強いられていた。尻の上にのしかかっているのはボルゾイだった。

ロシア原産の猟犬である。グレートデンと並ぶ大きさだ。

肩までの高さは七十センチはありそうだった。大型犬は、綾子の背に涎を滴らせていた。

耳を削がれる前に、綾子はこの写真を撮られたのだろう。哀れさを誘う。

千晶と未来は、レズプレイを演じさせられていた。二人の素肌には、アイスピックと西洋剃刀が押し当てられている。犯行グループは人質を嬲り、快楽殺人を愉しむ気なのか。

多門はおぞましい写真の束を引き裂き、キッチンの床に叩きつけた。怒りの底で、焦躁感が揺れはじめた。

明日が期限の四日目だった。命令を遂行しなかったら、敵は人質をひとりずつ残忍な方法で殺していくのではないか。

多門は、掛川で生島組の藤本たちを放免してしまったことを痛切に悔やんだ。

男らを痛めつけた後、彼はふたたび『ラッキー』を訪れ、店長らしい男から鬼塚のことを探り出した。

事業は順調らしく、沼津(ぬまづ)に支店を建設中だという話だった。さらに来年中に、もう一店舗構えるという。多門は、鬼塚の羽振りのよさを訝(いぶか)しく思った。

鬼塚には、仕手戦でこしらえた負債が残っているはずだ。何か荒っぽい手口で、短期間に事業資金を捻出(ねんしゅつ)したにちがいない。

多門はそう思いながら、ひとまず帰途についたのである。

固定電話の留守録には、杉浦の伝言は録音されていなかった。まだ相棒も、手掛かりを摑んでいないようだ。もたもたしていられないのだが、動くに動けない。多門は深まる焦躁感に苦しめられた。

数分後、寝室の電話機が鳴った。多門は椅子から腰を上げて隣室に走った。

発信者は真理加だった。

「きのう、何度か、お電話したのよ。メッセージは入れませんでしたけど」

「ちょっと遠くまで出かけてたんだ」

「そうなの」

「何か急用かな？」

「ううん、特に用事があったわけじゃないのよ」

「そう」

二人の間に沈黙が落ちた。

ややあって、真理加が甘やかな声で言った。

「今夜あたり、あなたの絵を鑑賞にいらっしゃらない？　あの絵、もう市ケ谷のマンションに運んであるの」

「い、行きたいところだが、こ、ここ二、三日は、まだ体が空かないんだ」

「そうなの。残念だわ」

「悪いな」

「ううん、いいの。お暇になったら、連絡くださいね。待っています」

「そのうち、必ず連絡するよ」

多門は先に電話を切った。

人質を取られたことで、真理加の誘いを断らざるを得なくなってしまった。何とも、もったいない話だ。

惜しかったが、その一方で別の感情も揺れていた。

綾子が片方の耳を斬り落とされた事実から、目を背けるわけにはいかない。五人の人質が味わわされている惨めさと恐怖を考えると、頭が変になりそうだ。

五人を救い出してから、真理加と会うことにしよう。

ナイトテーブルの上の煙草を摑み上げかけたときだった。

ふたたび固定電話の着信音が鳴り響きはじめた。素早く受話器を取る。

「わたしのプレゼントは気に入ったかね？」

脅迫者の声だった。例によって、含み声だ。

「てめえの目玉を刳り貫いて、ぶ、ぶ、豚に喰わせてやるど！」

「相変わらず、空元気だけはあるようだな。園部綾子の耳を削ぎ取ったのは、あんたがわたしのブレーンを痛めつけたからだよ。つまり、仕返しだね」

「てめえ、鬼塚政行だなっ」

多門は揺さぶりをかけてみた。電話の向こうで、声を呑む気配がした。

「やっぱり、鬼塚か」

「明日中に来栖涼子を誘拐してもらう。明晩十時までに涼子を拉致できなければ、まず園部綾子を殺す。もっとも、殺さなくても綾子は死ぬかもしれないがね」

「どういうことだっ」

「耳を斬り落としたら、自分で舌を嚙んだんだよ」

「て、てめえは、黙って見てやがったのか。赦せねえ！」

「騒ぐな。もう血は止まってるよ。明日の午後十時に、また電話する。そのときに、涼子の声を聴かせてもらおう」

電話が切られた。

多門は受話器をフックに叩きつけると、ナイトテーブルの引き出しを開けた。そこには、最初に脅迫電話のあった日に敵から送り届けられた涼子に関する資料が入っていた。

多門は茶封筒の中から、写真の束だけを掴み出した。

被写体は、どれも涼子だ。望遠レンズ付きのデジタルカメラで隠し撮りして、プリントアウトしたのだろう。涼子はレンズをまったく意識していない。

レモン形の顔は割に整っている。

色白で、おっとりとした感じだ。涼子はその日の気分によって、電車通学したり、車で大学に通っているようだ。

車は真珠色のアルファロメオだった。若い世代に人気のあるイタリア車だ。

涼子は、誰かに顔立ちが似ていた。

すべての写真に目を通し終えたとき、その人物に思い当たった。新宿の歌舞伎町にある高級ニューハーフクラブの売れっ子だった。源氏名はチコだ。

多門は、知り合いのニューハーフを涼子の替え玉にすることを思いついた。

苦肉の策だったが、案外、うまく敵を欺けるかもしれない。そんな気がしてきた。できることなら、なんの利害もない涼子を拉致などしたくない。リスクがある。事が警察に知れたら、多門が臭い飯を喰う羽目になるだろう。

それに、敵は明日の夜には多門が実際に涼子を誘拐したかどうか、電話で確認するだろう。となれば、涼子をさらわないわけにはいかない。涼子をこの部屋に軟禁し、敵の指定した場所には替え玉のチコを連れていく。

そして、その場で敵の誰かを生け捕りにし、五人の女たちのいる場所に乗り込む。事が順調に運べば、事件はたちまち解決するだろう。

その手でいくか。多門は決断した。

チコには二年半ほど前に、ちょっとした貸しがある。その当時、多門は関東義誠会田上組の舎弟頭を務めていた。組の縄張りは、新宿二丁目と三丁目だった。

多門は、デートガールたちやキャッチバーの管理を任されていた。

ある夜、縄張り内の見回りに出ると、ヌードスタジオの前で、チコが荒っぽい男たちに代わる代わる足蹴にされていた。男たちは、ある大学の体育会系の学生だった。

多門は無言で、男たちをぶちのめした。

男たちの所持金を掻き集め、それをチコに渡した。チコのドレスは無残に引き裂かれ、ウイッグはライターの炎で焼かれていた。いまでもチコは、多少の恩義を感じてくれているだろう。

多門はチコに会うことにした。出かける仕度に取りかかる。

数分後には、部屋を出た。カローラで、新宿に向かう。

ニューハーフクラブ『孔雀』の扉を押したのは、およそ四十分後だった。

店は区役所通りの裏手にあった。時刻が早いせいか、まだ客の姿はなかった。

ママの早苗が、五人の従業員たちに何か訓辞を与えていた。

「あら、クマさんじゃないの！」

早苗が振り向いて、口許に手を当てた。

ママは、かつて歌舞伎役者だった男だ。女形だったからか、科が板についている。もう四十五か、六歳になっただろう。

チコも奥のソファで嬌声をあげた。

その横に、元大工の蘭子がいた。ほかの三人は新顔だった。三人とも、女性のように美しかった。

「景気はどうだい？」

多門は、近寄ってきた早苗ママに声をかけた。

「おかげさまで何とかやってるわ」

「そいつは結構だ」

「クマさんが顔を見せてくれるなんて、とっても嬉しいわ。やっと女遊びに飽きて、あたしたちの世界に興味を持ってくれたのね？」

「悪いが、死ぬまで女にゃ飽きねえと思うよ」

「いじわる！　で、今夜は？」

「チコに頼みてえことがあってな」

「本当は、チコちゃんがお目当てなんでしょ？」

早苗がそう言い、だしぬけに多門の股間をまさぐった。彼ら一流の挨拶だった。

ママに手招きされ、チコが歩み寄ってきた。

大きく抉(えぐ)れたサテンのドレスの胸元から、白い隆起が覗いている。

「チコ、いつ胸をシリコンで膨(ふく)らませたんだ？」

「やだ、遅れてるのね。いまの豊胸術は、ほとんどコラーゲンを使ってるのよ」

「コラーゲンだって？」

多門は訊き返した。

「そう。動物の蛋白質(たんぱくしつ)を精製したものなんですって。シリコンより異物反応を起こしにくいらしいの。本物(モノホン)そっくりよ」

「暴走族だったおまえが、そこまでやっちまうとはな」

「昔のあたしは、どっか無理してたのよ」

チコは恬淡とした口ぶりで言い、にっこりと笑った。笑った顔は来栖涼子に酷似している。化粧で工夫すれば、敵には気づかれないだろう。多門は自分の思いつきに自信を深めた。

早苗ママに断って、チコと店を出る。チコはドレスの上にトレンチコートを羽織っていた。

近くのカフェに入る。

客は数えるほどしかいなかった。二人は隅の席に坐り、コーヒーを注文した。

飲みものが運ばれてきてから、多門は話を切り出した。すると、チコは快諾してくれた。

「謝礼を払ってやりてえとこだが、いまはちょっと事情があってな」

「いいのよ、お金なんか。クマさんには世話になってるんですもの。でも、別の形で礼を尽くしていただきたいわ」

「どういうことだ？」

多門は、意味がわからなかった。

チコが顔を寄せてきた。きつい香水の匂いが鼻腔を衝く。プワゾンだった。

「あたし、ずっと前から一度、クマさんに抱かれたいと思ってたの」

「げっ」

危うく多門は、口の中のコーヒーを吐き出しそうになった。

「そんなに露骨な拒絶反応を示さないでよ。女心が傷ついちゃったわ」

チコが頬を膨らませた。

「おまえ、人を見て、ものを言いな。おれが女好きだってことは知ってるだろうが！」

「だから、誘ったのよ。あたし、完璧な女になったの」

「性転換手術を受けたんだな？」

「ええ、そうなの。某有名大学病院の整形外科部長に闇手術をしてもらったのよ」

「闇手術？」

「そう。その人の友達が院長をしてる多摩市のほうの精神科病院の手術室でね。そのお医者さん、若いときから、アルバイトで性転換手術をやってたらしいのよ。腕のいい整形外科医だったんだけど、あたしが手術を受けてから、誰かに殺されちゃったの」

「そうなのか」

多門は煙草に火を点けた。

「指名手配されてる過激派の活動家の顔面整形手術なんかも手がけてたようだから、そういう連中の誰かに消されたのかもしれないわね」

「チコ、袋のほうも取っちまったのか？」

「ええ、なんにもナッシングよ」

「のっぺらぼうなのか」

「ばかねえ。それだったら、何も痛い思いをして手術をすることないじゃないの。一応、女性の道具をこしらえてもらったのよ。フリルの部分は少し不自然だけど、ちゃんと穴もあるの」

「そこまで手術しちまったのか」

多門は唸った。信じられないような話だった。

「ねえ、見てみたいと思わない？」

「元男にゃ、興味ねえよ」

「あたしの条件を呑んでくれないんだったら、話は聞かなかったことにして」

チコが瀬踏みするように言い、セーラムに火を点けた。マニキュアは真紅だった。

「てめえ、駆け引きする気かっ」

「そういうわけじゃないけどさあ。あたしを抱いたら、そこらの女なんか相手にできなくなるわよ」

「悪いが、ノーサンキューだ」

「じゃあ、話はなかったことにしてちょうだい」

「てめえ、殺すぞ！」

多門は逆上した。

「凄んだって、怕くないわ。何さ、意気地なし。男のくせに」

チコがせせら笑った。多門は拳を固めた。

「あたし、お店に戻る！」

「ま、待て！　いつかつき合ってやらあ」

「そんなの、駄目！　お礼は前払いよ」

「て、てめえっ」

「あたしが来栖涼子とかいう娘の替え玉にならなかったら、クマさんの彼女たちが殺されるかもしれないんでしょ」

「多分な」

「だったら、人助けのためにもあたしを抱かなくちゃ。好きな彼女たちが殺されてもいいわけね？」

「いいわけねえだろうが！」

「だったら、行きましょ」

チコが伝票を細い指先で搦め捕り、それを突き出した。多門は、わけがわからなかった。

「行くって、どこに？」

「決まってるでしょうが！　ホテルよ。クマさんと一緒なら、一、二時間ずるけても、ママに文句なんか言わせないわ」

チコが自信たっぷりに言った。彼女は『孔雀』のナンバーワンだった。

「とんだことになっちまったな」

「一度、あたしと寝たら、癖になるわよ。はい、伝票！」

多門は伝票を引ったくって、のっそりと立ち上がった。泣きたい気持ちだった。だからといって、人質たちを見殺しにはできない。

「おまえが相手じゃ、おっ立たねえよ」

店を出ると、チコがすぐに腕を絡めてきた。

多門は絶望的な気持ちで、太く息を吐いた。ラブホテル街は、わずか数百メートル先だった。

3

嗚咽が熄んだ。

多門はほっとして、拉致してきた来栖涼子を見た。代官山の自宅マンションだ。

涼子は寝室の壁に凭れ掛かって、両脚を投げ出していた。不安そうだ。

ランジェリーの上に、だぶだぶの濃紺のガウンを羽織っている。多門の物だ。両手はネクタイで緩く縛ってある。目隠しはバンダナだった。

涼子の前には、冷めてしまったミックスピザとペットボトル入りのコーラが置いてある。どちらにも、手はつけられていない。

港区内にある聖美女子大学の近くで涼子をカローラに押し込んだのは、きょうの午後四時ごろだった。涼子は怯えて、ほとんど抵抗もしなかった。

楽な誘拐だった。だが、涼子をさらったときから、多門はずっと気持ちが重かった。

涼子を巻き添えにしてしまったことに、後ろめたさがあった。

いまは午後九時五分過ぎだ。小一時間も経ったら、敵から電話がかかってくるだろう。間もなく、チコもここにやってくるはずだ。

「これは誘拐なんですね？」

涼子がか細い声で確かめた。

「身代金を欲しがってるのは、おれじゃないんだ」

「なのに、なんでわたしをこんな目に遭わせるの？」

「ちょっと事情があってな」

多門は事の経過を話し、替え玉を使う計画も明かした。

「それじゃ、あなたが犯人グループを捕まえたら、わたしは解放してもらえるんですね？」

「ああ、もちろんさ。そんなふうに縛ったりして、済まないと思ってる」

「家にちゃんと帰らせてもらえるなら、わたし、我慢します」

「脱がせた服は、替え玉に着せるつもりなんだ。後で返してやろう」

「わかりました」

「五時間近くも飲まず喰わずじゃ、身が保たないぞ。ピザ、少し喰いなよ」

多門はベッドから離れ、涼子の前に坐り込んだ。

ピザとコーラを交互に涼子の口に運んでやる。三分の一ほど食べると、涼子は顔を横に振った。多門はペーパーナプキンで、涼子の口許を拭ってやった。

涼子が礼を言った。幾分、声は和んでいた。

「親父さん、誰かに脅迫されてなかったか？」

多門は訊いた。

「そういうことはわかりません。父は仕事のことは、家にはいっさい持ち込まないんです」

「そうなのか」

「家族に一度、電話をかけさせてもらえませんか。わたしが無事だということを伝えるだけです。余計なことは何も言いませんから」

「気の毒だが、そいつはちょっとできないな。犯人を欺かないと、まずいんだよ」

「…………」

「トイレに行きたくなったら、いつでも言ってくれ」

「いま、行かせてください」

涼子が恥ずかしそうに言った。

多門は縛めを解き、涼子をトイレまで導いた。トイレから出てきた涼子を寝室に連れ戻し、ふたたびネクタイで両手の自由を奪う。

それから間もなく、チコが訪れた。多門は、どうにもきまりが悪かった。昨夜、ラブホテルでチコを抱いてしまったからだ。人質を救出するには、ほかに方策がなかった。

ベッドインすると、チコが盛んに挑発してきた。多門は死んだ気になって耐えた。いつの間にか自分の上にチコが跨がっていた。多門の分身は、人工の女性自身の中に納まっていた。それは、古いゴム管のようだった。ひどく味気なかった。

多門は後悔した。だが、チコは離れようとしなかった。激しく腰を使った。多門は、犯されるような形で射精してしまった。一生の不覚だ。

「社長令嬢って、この娘ね」

チコがそう言い、涼子の目隠しを外そうとした。

多門はそれを手で制し、涼子にチコが替え玉であることを説明した。

チコが涼子の写真を見ながら、化粧に取りかかった。その写真は、敵が送りつけてきたものだった。眉墨で眉毛を太く描くと、いっそうチコの顔は涼子に近づいた。同じ色の口紅を塗り、涼子と同じ髪型のウィッグを被った。

そのとき、ナイトテーブルの上で固定電話が鳴った。

多門は涼子とチコに声を立てるなと言ってから、受話器を握った。電話の主は、正体不明の脅迫者だった。

「わたしだ。来栖涼子を誘拐したか？」

「ああ、ここにいる」

「電話口に出してくれ」

「わかった」

多門は指示に従った。

男は、涼子と二言三言喋った。ふたたび多門は受話器を握った。

「人質の引き渡し場所を指定する。二時間後の午前零時に東名高速の足柄サービスエリアに涼子を連れて来い。下り線のサービスエリアだぞ」

「命令に逆らわないよ。それで、そっちの目印は？」

「駐車場で待ってろ。わたしのブレーンが涼子を引き取りにいく」

「こっちの話も聞け。サービスエリアにおれの彼女たちを連れて来い。五人ともだ」

多門は言った。

「その取り引きには応じられない。来栖から身代金をいただくまで、五人の女は預かる」

「だったら、涼子は連れていかないぜ」

「好きにしろ。その代わり、今夜中に五人のうちの誰かを始末することになるぞ」

「くそったれ！」

「くどいようだが、妙な考えを起こすと、女たちが死ぬことになるよ」

脅迫者の声が途絶えた。電話は切られていた。

多門は受話器を置き、左手首の時計を見た。

十時四分過ぎだった。この時刻なら、指定された場所には午前零時前に到着するだろう。

多門は涼子をトイレの中に閉じ込めた。

目隠しは外してやったが、両手は後ろ手に縛った。猿轡(さるぐつわ)も嚙ませる。さらにトイレのドアに食器棚を押しつけた。

チコが、涼子のセーターとスカートを身に着け終えた。ダウンパーカは手に持っていた。

多門は綿ネルの長袖シャツの上に、狐色のレザージャケットを羽織った。腰に、静岡の掛川市郊外で敵の一味から奪ったヘッケラー&コッホP7を差し込む。残弾は六発だった。

多門は、チコとともに部屋を出た。

「さすがに、ちょっと緊張するわ」

チコが歩きながら、心細げに言った。

「心配するな」

「クマさん、頼りにしてるわよ。いざとなったら、あたしだって、闘うわ。一応、昔は男やってたんだから」

「チコ、逆らうんじゃない」

「あら、あたしの足蹴り、割に効くのよ」

「下手に逆らったら、怪我するぞ」

「それ、困るわ。ねえ、五人の人質の中では誰が最も好きなの？」

「みんな、同じだ」

「嘘ばっかり！　たとえば、ひとりだけしか救出できないとしたら、誰を選ぶ？」

「つまらないことを言うんじゃねえっ」

多門はエレベーターのボタンを乱暴に押した。

「そんなに怒ることないじゃないのよ。人間なんだから、絶対に好みはあるでしょ？」

「おまえ、よく喋るなあ」

「だって、喋ることがあたしたちホステスの仕事ですもの」

「それにしても、よく喋るもんだ」

「不安になるのよ、黙ってると」

「どうして？」

「何だかよくわからないけど、沈黙が怕（こわ）いのよね」

「おれは、チコの粘っこい目つきが怕（こえ）えよ」

多門は、からかった。

そのとき、エレベーターが来た。二人はケージに乗り込んだ。

地下の駐車場まで下る。多門はチコを助手席に乗せ、すぐにカローラを走らせはじめた。

山手（やまて）通りから国道二四六号線をたどって、首都高速三号線に入る。思いのほか車の量は多くない。

三号線は、東名高速道路に繋がっている。

用賀（ようが）の料金所のあたりがやや詰まっていたが、その先の流れはスムーズだった。

時速九十キロを超えると、ポンコツ車はたちまち喘ぎはじめた。

多門はカローラをなだめすかしながら、左のレーンを進んだ。

幾度も右の追い越し車線に移りたい衝動に駆られた。しかし、移ったら、後続車に尻を煽られることになるだろう。若葉マークをつけた新米ドライバーのように左車線を走りつづけた。

飛ばし屋の多門には、忍耐のいるドライビングだった。

「暴走族やってるとき、ここもよく走ったわ」

チコが懐かしそうに言った。

「おまえは川崎育ちだったな？」

「ええ、そう。川崎市といっても多摩区なんて住宅街じゃなく、海寄りの川崎区で生まれ育ったの。工場ばっかりの街だけど、それでも住みやすかったわよ」

「どこも住めば都さ」

「クマさんは東北生まれだったわよね？」

「ああ、岩手だ」

「盛岡のあたり？」

「いや、区界って所だよ。盛岡から山田線ってローカル列車に乗るんだ」

「そう。あたしの昔のパトロンが一関の出身だったの。クマさんみたいな男性だったわ。その彼がね、手術の費用を出してくれたの」

「なんで別れたんだ？」

「死んじゃったのよ、一年五カ月前に」

「エイズか？」

「どうしてそんなふうに短絡的な考え方をするのよっ。くも膜下出血で死んじゃったの！」

「ほんとかよ？」

「車を停めてっ。あたし、帰る！」

チコが怒声を張りあげて、ステアリングに手を掛けた。

車が左に傾き、防護壁に車体を擦りそうになった。このままでは危険だ。

多門は左の肘でチコのこめかみを弾いた。

軽く弾いたつもりだったが、チコはウインドーシールドに強く頭を打ちつけた。長いストレートヘアの鬘が高く盛り上がり、やや右に傾いでいる。

「クマさんのばか！　ほんとに、あたし、ここで降りるからねっ」

チコが膨れて、黙り込んだ。

多門は溜息をついた。どうなだめればいいのか。

足柄サービスエリアに着いたのは十一時四十七分だった。広い駐車場は半分も埋まっていなかった。人影も少ない。

多門は、カローラを駐車場のほぼ中央に停めた。

エンジンを切らずに、そのまま敵の出現を待つ。チコは落ち着かない様子で、しきりに窓の外に目をやっていた。

多門は煙草を喫いながら、さりげなく駐車場を眺め回した。

乗用車は割に少ない。コンテナトラックが目立つ。このサービスエリアには、小さな銭湯がある。長距離トラックのドライバーたちに利用されているようだ。

二本目の煙草を喫い終えたとき、走路の向こう側のカースペースに一台のコンテナトラックが滑り込んだ。走路を挟んで、ちょうど正面だった。

トラックから二人の男が降りた。

どちらもサングラスをかけ、目立たない色の服を着ている。男たちはトラックの観音(かんのん)開きの扉を開け、荷台から鉄製の渡し板を引きずり下ろした。

どうやら連中は、この車ごと自分らを荷台に載せる気らしい。多門は腰から自動拳銃を引き抜き、安全装置を解除した。

「クマさん、そんなものをぶっ放すつもりなの!?」

チコが驚きの声をあげた。

「用心のために持ってるだけだ。チコ、敵のお出ましだぜ」

「えっ、どこにいるの!?」

「真ん前に駐まってるコンテナトラックが、おそらく敵の車だろう」

多門は答えながら、トラックのナンバープレートを見た。

愛知ナンバーだった。数字を頭の中に叩き込む。

少し経つと、トラックの男たちがゆっくり近づいてきた。どちらも日本人だろう。

多門はスライドを引いて、初弾を薬室に送り込んだ。

二人の男が左右に岐れ、カローラの横に立った。運転席側に回り込んだ男が、パワーウインドーのシールドを拳で叩いた。右手に消音器を噛ませたワルサーP88を握っている。銃身よりも、サイレンサーのほうが長かった。

多門はパワーウインドーのシールドを半分ほど下げた。

男が筒型のバッフルを向けてきた。消音器だ。サイレンサーの多くは、十個前後のゴムバッフルの間に消音用スプリングが挟まれている。

「多門やな?」

「ああ。てめえも大阪の生島組の者か?」

「隣におるんが来栖涼子やな?」

「そうだ」

「車を出しい! まっすぐ走って、トラックの荷台まで上がるんや」

「おれたちをどうする気なんだっ」

「女たちのいる所に連れたったるわ。早う車を出さんかいっ」

「そう吼えるな」

多門はシフトレバーに手を掛けると同時に、ドアを分厚い肩で勢いよく押し開けた。

ワルサーP88を握った男が弾け飛び、仰向けに引っくり返った。

弾みで、一発だけ暴発した。発射音は、ごく小さかった。子供の咳ほどの音だった。

飛び出した銃弾は虚しく闇に吸い込まれた。多門は車から離れようとした。

そのとき、チコが短い悲鳴をあげた。多門は振り向いた。

もうひとりの男が、助手席側のウインドーシールドに自動拳銃の銃口を押し当てていた。

デトニクスだった。コルト・ガバメントを小型化したポケットピストルだが、四十五口径だ。

至近距離で撃たれたら、命を落としかねない。多門は動きを封じられた。

運転席に坐るよう命じられた。

「なんてこった」

多門はヘッケラー&コッホの安全装置を素早く掛け、それを尻の下に隠した。坐り直したとき、倒れた男が起き上がった。

男は駆け込んで来るなり、多門の脇腹に蹴りを入れた。

連続蹴りを二発だった。腹筋に力を入れ、ダメージを最小限に喰い止める。

その隙に、チコが車から引きずり出された。

敵は、チコだけを連れ去るつもりらしい。多門は、キックを浴びせてきた男を肩で弾き飛ばした。

相手が、ふたたび転がった。

多門は駆け寄って、男の顎を蹴り上げた。的は外さなかった。骨の砕ける音が響いた。男の手から、消音器付きの拳銃が転げ落ちた。

それを遠くへ蹴り、多門は走路に飛び出した。チコの姿は見当たらない。

あたりを見回していると、無灯火の黒いジープ・ラングラーが不意に暗がりから滑り出してきた。自分を轢く気なのだろう。

多門は、いったんカースペースの中に逃れた。ジープ・ラングラーが風圧を残して、下り車線に向かった。フルスピードだった。

多門は、カローラを駐めた場所に引き返した。

ワルサーP88を握っていた男はどこにもいなかった。トレーラートラックに駆け寄る。そこにも、敵の姿はなかった。

走路に飛び出すと、左手から黒いメルセデス・ベンツが走ってきた。

後部座席で、小さな銃口炎（マズル・フラッシュ）が閃（ひらめ）いた。銃声は聞こえなかった。

銃弾が連射される。多門の背後で、着弾音が響いた。メルセデス・ベンツが目の前を走り抜けていった。多門は、自分の車に駆け戻った。

例によって、カローラに乗り込むのに少し手間取った。こんなときは、いつも自分の巨体が呪（のろ）わしくなる。

多門は大急ぎで、車を発進させた。

走路に出て間もなく、後ろのタイヤが派手な音を立てて破裂した。多門は焦（あせ）った。ハンドルを取られそうになった。敵の仕業にちがいない。

構わず多門は、そのまま車を走らせた。

だが、思うように進めない。そうこうしているうちに、カローラがノッキングしはじめた。

とうにジープ・ラングラーとメルセデス・ベンツは見えなくなっていた。

やがて、ポンコツ車は停まってしまった。

チコ、勘弁してくれ。必ず救（たす）けてやる。多門は胸に誓って、車を降りた。バーストしたタイヤは一本だけだった。

それは、刃物で裂かれていた。トランクルームにスペアタイヤを積んである。ジャッキなどの工具類も揃っていた。

多門はタイヤの交換に取りかかった。

それが済んだとき、ふと不安が胸に兆した。敵は早晩、チコが替え玉であることを見抜くだろう。当然、チコは涼子の居所を詰問される。チコが口を割らないという保証はない。

多門は杉浦の自宅に電話をかけた。元刑事に、涼子を別の場所に移してもらうことにしたのである。

部屋のスペアキーを渡してあるわけではなかったが、杉浦なら何とか知恵を絞ってくれるだろう。

運悪く相棒は留守だった。テープに伝言を入れ、カローラの運転席に戻った。杉浦はスマートフォンを利用していない。

エンジンはかからないかもしれない。

そう思っていたが、なんと一発で唸りはじめた。気まぐれな車だ。多門は苦笑した。

サービスエリアを出て、下りの本線車道に入る。御殿場インターでいったん高速を出て、すぐに東京方面に引き返した。

自宅に帰り着いたのは、およそ三時間後だった。多門は室内に駆け込んだ。やはり、来栖涼子の姿はなかった。

部屋のドア・ロックは外れていた。

カーペットには、複数の靴の跡が残っている。食器棚は倒されていた。大半の食器が割れている。

「くそっ！　最悪だ」

多門は食堂テーブルの椅子に坐り込んだ。

徒労感が重い。煙草を喫う気にもなれなかった。

4

綾子の死顔が脳裏から離れない。

多門は安い国産ウイスキーを喇叭飲みした。

喉が灼け、胃が熱くなった。いつになく酒が苦い。多門はダイニングキッチンの食堂テーブルに向かっていた。

姿なき敵にまんまと来栖涼子をさらわれてから、四日目の夕方である。

綾子の水死体が知多半島の沖合で発見されたのは一昨日の早朝だった。漁船の底引き網の中に入っていたらしい。

綾子は全裸だった。

丸坊主にされ、恥毛も刈り取られていた。性器は裂けていたそうだ。

それだけではなかった。綾子は後ろ手に針金で縛られ、両足首にはそれぞれ五キロの鉄亜鈴が括りつけられていた。快楽殺人の犠牲になってしまったのだろう。

司法解剖によると、綾子は生きているうちに海中に投げ込まれたらしかった。

多門は、それらの話をきのうの通夜の席で綾子の身内から聞かされた。途中で耳を塞ぎたくなるような話だった。

きょうの告別式には出られなかった。

列席するには、あまりにも辛すぎた。とうに綾子は骨になっているだろう。

敵が送りつけてきた綾子の耳は、まだ処分していない。ホルマリン漬けにして、部屋に置いてある。それを見るたびに、正体不明の敵に対する憤りと憎悪が肚の底から込み上げてくる。

自分の手で敵の首謀者を裁いたら、綾子の削がれた耳を手厚く葬ってやるつもりだ。

綾子、済まない。多門は心の中で死者に詫び、また安酒を呷った。

ボトルは空に近かった。

チコと涼子が敵の手に落ちた日から、多門は田園調布五丁目にある来栖邸の前で張り込みつづけてきた。敵が、来栖家の様子をうかがいに現われるかもしれないと考えたからだ。

だが、その読みは外れた。いくら待っても、それらしき人影は出現しなかった。邸の周囲には警察の影もなかった。涼子の父親は、警察には協力を仰がなかったのだろう。

多門は、渋谷にある『誠実堂』の本社ビルにも出かけてみた。

しかし、そこにも不審な者はいなかった。また、身代金を運び出す気配もうかがえなかった。敵は来栖社長を心理的に追い込んでから、身代金を要求するつもりなのだろうか。

多門は、残りの安ウイスキーを飲み干した。すぐに新しいボトルの封を切る。

今度は焼酎だった。最近は、もっぱら安酒ばかりを喰らっている。芋焼酎に口をつけたとき、部屋の固定電話が鳴った。

多門は椅子から立ち上がって、奥の寝室に急いだ。杉浦が何か手掛かりを摑んでくれたのかもしれない。

「わたしです。誰だかわかります？」

電話の向こうで、女の声がした。

聞き覚えがあった。筧亜衣子だった。焼身自殺した悪徳弁護士の秘書兼愛人だった女性だ。二十八歳だったか。

多門は、相手の名をフルネームで答えた。

すると、亜衣子が小娘のように嬉しがった。

亜衣子とは一度だけ、ベッドを共にしている。いまでも多門は、彼女の顔と肉体をはっきりと憶えていた。

「お元気？」

亜衣子が、くだけた口調で訊いた。

「なんとか生きてるよ」

「あなたらしい台詞ね」

「そっちはどうなんだい？」

「不運つづきで、泣きたいぐらいだわ」

「何があったんだい？」

「二カ月前に駅のホームから突き落とされて、ずっと入院してたの」

「どこを怪我したんだい？」

「左腕と右の大腿部の骨を折ってしまったの。その上、入院中に一緒に暮らしてた男に逃げられちゃって、もう最悪だわ」

「そいつはツイてないな」

「同情してくれる？」

「ああ」

「実はね、お願いがあって、お電話したの。九十万円ほどお借りできないかしら？　病院の支払いが溜まってしまったのよ。いま、仕事はしてないの」

「都合つけるよ」

多門は即座に言った。

亜衣子には世話になっている。彼女から、石沢弁護士の不正を裏づける証拠書類などを手に入れたのだ。そのころ、すでに亜衣子と石沢の関係は破局を迎えていた。

「恩に着ます。なるべく早くお借りしたいんだけど……」

「できるだけ早く金を届けるよ」

「無理言って、ごめんね」

「下北沢(シモキタ)のアパートに、まだ住んでるのかな」

「ううん、いまは井の頭(いのかしら)線の東松原(ひがしまつばら)駅の近くに住んでるの。羽根木(はねぎ)公園のそばにあるパレス松原ってアパートの一〇五号室を借りてるのよ」

「そう。行けば、わかるだろう。それじゃ、後で！」

多門は電話を切ると、急いで部屋を出た。亜衣子に渡す金を工面しなければならなかった。

カローラを玉川通りに向ける。三軒茶屋の先の若林交差点を右折し、環七通りを進んだ。

昔、やくざ絡みのトラブルを仲裁してやった実業家が世田谷区内に住んでいる。多門は、その男の弱みも握っていた。それをちらつかせて、ほんの数分で百万円の口止め料をせしめた。

多門はカローラを東松原に走らせた。

亜衣子の住むアパートは造作もなく見つかった。軽量鉄骨造りだった。一〇五号室は、一階の奥の角部屋だった。

インターフォンを鳴らすと、すぐに亜衣子が現われた。タートルネック・セーターを着ていた。鉤鼻が難点だが、かなりの美人だ。

かつての取り澄ました冷たさは、すっかり消えている。いくらか太って色っぽくなった感じだ。部屋は1DKだった。

多門は奥の部屋に通された。

部屋の半分をダブルベッドが占拠している。二人は瑠璃色のカーペットに直に腰を落とした。多門は、剝き出しの札束を黙って差し出した。ちょうど百万円だった。

亜衣子が目を潤ませた。

「そういうのは、なしにしようや」

「無理を言って、本当にごめんなさいね」

「この百万は謝礼だよ。そっちは、危い思いをして石沢の事務所から、いろんな書類を持ち出してくれたからな」

「多門さん……」

亜衣子が不意に抱きついてきた。

多門は、亜衣子をしっかと抱きとめた。肉感的な肢体だった。温もりが優しい。

「会いたかったわ、あなたに」

亜衣子はそう言うと、唇を重ねてきた。

噛みつくようなキスだった。歯と歯がぶつかり、硬い音がした。

亜衣子は唇を貪ると、多門の足許にしゃがみ込んだ。せっかちにチノクロスパンツのファスナーに手を掛ける。

きょうは綾子の葬式があった日だ。多門は首を横に振った。セックスは慎みたかった。

二人の間に気まずい空気が横たわった。

そんなとき、ドアの開く音がした。同棲していた男が、荷物でも取りに来たのか。

多門は、それほど驚かなかった。

やくざっぽい中年の男が躍り込んできた。その右手には、匕首が光っている。初めて見る顔だ。

「なんだっ、てめえは！」

多門は身構えた。

男がやや腰を落として、匕首を逆手に握り直した。扱い馴れた手つきだった。多門は右足を飛ばした。

風が湧いた。男の右腕が浮く。刃物が撥ねた。

数十秒後、ベランダ側のサッシ戸のガラスを切る音がした。ベランダにいくつかの人影が見えた。

とっさに多門は亜衣子を遠ざけた。円く切り取られたガラスの隙間から、筒状の物が突き出された。すぐに白い煙が上がった。

目が痛くなった。鼻の奥も、むず痒い。

じきに涙が出てきた。どうやら催涙弾を撃ち込まれたらしい。

「トイレか、風呂場に逃げ込め！」

多門は亜衣子に指示して、ベランダに飛び出そうとした。

その直後、破れたガラスの向こうから白い噴霧が襲いかかってきた。何かのスプレーだ。多門は目が見えなくなった。

男たちがベランダから、なだれ込んでくる気配がした。多門は視界が利かないまま、パンチと蹴りを放った。

敵の何人かが倒れた。

数秒後、後ろで亜衣子のくぐもった悲鳴がした。侵入者のひとりに口を塞がれたようだ。

多門は体ごと振り向き、前蹴りを放った。残念ながら、空を蹴っただけだった。

体勢を立て直したとき、敵の男たちが一斉に組みついてきた。多門は男たちとともにカーペットに転がった。重みで床が抜けそうになった。

多門は口許に湿った布を押し当てられた。麻酔液らしかった。

男たちは一言も発しない。またもや薬品臭い布を鼻のあたりに押しつけられた。

心地よい刺激臭を嗅がされているうちに、多門は意識がぼやけはじめた。頭が沈み込むような感じがした。

と思ったら、急激に意識が混濁した。その後は何もわからなくなった。

それから、どれほどの時間が経過したのか。

多門はむせた拍子に我に返った。素っ裸で、カーペットに転がされていた。俯せだった。右手に、血みどろのフォールディング・ナイフを握らされていた。折畳み式のアウトドア用のナイフだ。刃渡りは十四、五センチだった。

多門は跳ね起きた。

亜衣子の部屋ではなかった。すぐ横にダブルベッドがあった。モーテルの一室のようだ。コンパクトなソファセットのそばに、全裸の女性が横向きに倒れている。

多門は回り込み、女の顔を見た。

あろうことか、筧亜衣子だった。項、心臓部、左脇腹の三カ所に刺し傷がある。傷口から、血の筋が何本も這っていた。すでに死んでいる。

自分を人殺しに仕立てる気なのだろう。多門は、すぐに覚った。

亜衣子の人差し指が赤い。血だった。ふとベージュの壁を見ると、血文字らしいものが書かれていた。みみずがのたくったような字だ。かろうじて、〈十〉と読める。

ダイイング・メッセージなのか。

ただ、それが文字なのか記号なのか、判別できない。〈十〉は、〝じゅう〟という文字にも見えるし、記号の〝プラス〟にも見えた。

犯人の名を表したのか。

それとも、犯人は十字架のペンダントかイヤリングを身につけていたのだろうか。あるいは、亜衣子は文字か記号を書き終えないうちに息絶えてしまったのかもしれない。考えられないことではなかった。

なぜ亜衣子は殺されることになったのか。

多門は、混乱しきった頭で考えてみた。しかし、納得できる答えは得られなかった。ここは、どこなのか。亜衣子のアパートから、それほど遠くない場所なのだろうか。

いつまでも、ここにいるのはまずい。ひとまず多門は逃げることにした。

ベッドに走り寄って、備えつけのティッシュペーパーでナイフと手の血を拭う。きれいに水で洗い直すつもりだ。返り血は浴びていなかった。

床に散らばった自分の衣服を掻き集める。

亜衣子の服やランジェリーも、あちこちに脱ぎ捨てられてあった。多門は大急ぎで、トランクスを穿いた。

チノクロスパンツに片脚を突っ込んだときだった。

不意に部屋のドアが開けられた。モーテルの従業員らしい五十年配の女性が姿を見せた。

彼女はすぐに立ち竦んだ。

女性を押しのけるようにして、三、四人の男たちが部屋になだれ込んできた。揃って目つきが鋭いが、やくざではなさそうだ。

「浜松中央署の者だ。おまえ、倒れてる女を殺したな！」

男のひとりが言った。

「ふざけんな。おれは殺しなんか、やっちゃいねえっ」

「嘘つけ！　署に密告(タレコミ)の電話があったんだ」

「冗談じゃない。おれは麻酔液を嗅(か)がされて眠ってる間に、ここに運ばれたんだ」

「多門剛だな？」

「おれの名前まで知ってやがるのか」

「殺人容疑で緊急逮捕する！」

中年の男が告げると、ほかの男たちが素早く多門を取り囲んだ。

多門は刑事たちを次々に張り倒した。

だが、腰が定まらない。まだ麻酔液が、体から抜けきっていないのだろう。

多門は、固めかけた拳(こぶし)をほどいた。

刑事のひとりが多門の左腕を乱暴に摑み、その手首にプラスチック手錠を打った。心が凍(こご)えそうになった。

「手錠(ワッパ)ぶち込むことはねえだろうが！」

多門は息巻いた。

刑事たちは誰も口を開かなかった。

5

「やっぱり、娑婆の空気はうまいな」

多門は深呼吸した。

出迎えの杉浦が、煙草をパッケージごと差し出す。ロングピースだった。

「クマ、少し細くなったな」

「そうかな。メシの量が少なかったからね」

多門は煙草に火を点けた。深く喫い込むと、軽いめまいがした。

浜松中央署の前だった。つい数分前に多門は釈放されたばかりだ。殺人容疑で逮捕されてから、十二日が流れていた。

もう十二月だった。時刻は正午近かった。

多門は逮捕された次の日に地検に送致された。

検事は十日間の勾留請求を地裁に提出した。翌日、浜松中央署に『引佐町モーテル殺人事件』捜査本部が設けられ、静岡県警捜査一課の十二人が捜査に加わった。所轄署の強行犯係員は九人だった。

連日、多門は厳しく取り調べられた。一日中、調べられたこともあった。だが、証拠不十分で不起訴になったのだ。

刑事訴訟法は、一つの罪名によって被疑者を拘束できるのは二十三日間と定めている。ただし、勾留請求後十日以内には起訴しなければならない。起訴に持ち込めない場合は、いったん被疑者を釈放することが義務づけられていた。

「杉さんには、すっかり世話になっちまったな」

多門は短くなった煙草の火を踏み消して、頭を深々と下げた。

杉浦が照れて、尖った顎を撫でた。

多門が連絡を取った中堅弁護士は、杉浦が世話になっている法律事務所に所属していた。なかなか遣り手の弁護士だった。ただちに彼は地裁に〝勾留理由開示請求書〟を提出し、多門の逮捕が不当だと掛け合ってくれた。

多門には前科があった。やくざ時代に傷害事件を起こし、府中刑務所で一年三カ月ほど刑に服したのである。概して警察は前科者に対して冷たい。

ひどい場合は取り調べ中などと称し、弁護士との接見をすぐには許可しないことがある。

杉浦と二度も面会できたのは、まさに担当弁護士のおかげだった。

「クマ、鬼塚のことは喋ったのか？」

「まさか！」

「とりあえず、何か喰おうや。クマ、何がいい？　きょうは、おれが奢るよ」

「とにかく腹が減って死にそうだ。分厚いステーキが喰いてえな」

「つき合うよ」

二人は歩きだした。

寒気は鋭かったが、空は晴れ渡っていた。多門は歩きながら、これまでのことを頭の中で整理しはじめた。

鬼塚は仕手集団『フェニックス』を解散に追い込まれたことで、自分を恨んでいるにちがいない。彼は多門を誘拐犯に仕立てることで恨みを晴らし、ついでに涼子の父親から身代金をせしめる気になったのではないか。その目的を果たすため、綾子たち五人を拉致した。

鬼塚は綾子を血祭りに上げ、自分に涼子をさらわせた。鬼塚の計画は一応、成功した。だが、罠を看破されるという不安は消えなかったのだろう。

そこで鬼塚は、多門を殺人犯に仕立てる作戦に出たと思われる。犠牲者は、かつて仲間を裏切った筧亜衣子だ。

しかし、案に相違して多門は釈放された。鬼塚には、思いがけない誤算だったはずだ。推測通りだとしたら、鬼塚は邪魔者の自分を消そうとするだろう。

多門は確信を深めた。ただ一つ判然としないのは、縄張りを荒らしている佃義夫と鬼塚の繋がりだ。どこに接点があるのか。

五分ほど歩くと、割に大きなレストランがあった。その店に入る。客席は、半分ほどしか埋まっていない。一応、フランス料理を売りものにしていたが、大衆的なメニューもあった。

二人は、中ほどのテーブル席に着いた。多門は一ポンドのサーロイン・ステーキを二枚注文した。杉浦はあれこれ迷ったが、多門と同じものを選んだ。ステーキは一枚だけだった。

二人は、同時に煙草をくわえた。

多門はステーキが運ばれてくる前に、少し飲みたくなった。杉浦に断って、スコッチをボトルでオーダーする。オールドパーだった。

多門はオン・ザ・ロックで、立てつづけに三杯呷った。

「うめえ！　生き返った心地がするよ」

「十二日もアルコール抜きじゃ、辛えよな」

「酒もそうだが、女を抱けないのがね」

「クマ、そんなにこたえたか？」

「ナニしたくて、頭がおかしくなりそうだったよ」

多門は冗談めかして言ったが、実際、その通りだった。

「毎晩、女を抱く夢ばかり見てやがったんじゃねえのか」

杉浦が茶化した。

「おれは、まだ若いからね。それはそうと、来栖涼子のこと、調べてくれた？」

「ああ。涼子は三日ほど前に、田園調布の自宅に戻ってる。犯人どもは身代金を手に入れたな」

「おそらくね。額まではわからないよね？」

「そこまでわかってりゃ、犯人グループの見当つけてるよ」

「身代金二、三億は、せしめやがったんだろうな」

多門は声をひそめて言った。

「いや、もっと多いんじゃねえのか。ひょっとしたら、片手ぐらいは……」

「くそったれどもが！　で、志穂たち四人は？」

「誰も、まだ自宅には戻ってないよ」

「おれの彼女たちを嬲り殺しにする気なんだろうな、鬼塚の野郎は！」

「クマ、筧亜衣子が殺されたモーテルがどこにあるかわかってるのか？」

「ああ、知ってる。浜名湖の北側の引佐町にある『パラダイス』ってモーテルだろ？」

「そう。国道二五七号線に面してるモーテルだよ」

「杉さん、現場に行ってくれたの？」

「ああ、行ってきた。モーテルの経営者の岡部利佳って奴は、鬼塚の義弟だったぜ」

「義弟というと？」

「鬼塚の妻の実弟だよ」

「やっぱり、そうだったか。おれもそんなことじゃないかと思ってたんだ」

「そうかい」

「これで、敵の正体がはっきりしたわけだ」

「そうだな」

杉浦が言って、グラスを口に運んだ。まだ一杯目のオン・ザ・ロックだった。

「で、杉さん、鬼塚の居所は？　もう香港から戻ってきてるだろう」

「それがな、まだ摑めねえんだよ。自宅にはいなかった。大阪の生島組の事務所にも行ってみたんだが、おまえが話してくれた男たちはいなかったぞ」

「藤本とかって野郎は、いいかげんなことを言いやがったんだな。くそっ！」

多門は歯嚙みして、ロングピースに火を点けた。

煙草の火を消したとき、ステーキとライスが運ばれてきた。

多門はステーキにナイフを入れる前に、白く光る飯をフォークで掬って口の中に放り込んだ。

杉浦が小声で言った。

「クマ、銀シャリはうめえだろ？」

「ああ、最高だね」

多門は童顔を綻ばせた。

留置場で出される弁当飯は白米だけではなかった。毎回、かなりの麦が入っていた。しかも、量が少ない。

多門は留置されている間、ずっと空腹感にさいなまれ通しだった。自分のスリッパがハンバーグに見えたこともあった。

被疑者の食費は一人一日、およそ八百円で賄われている。

したがって、粗食も粗食だ。警察によっては、指定の業者から弁当を取り寄せることを認めている。しかし、それは取り調べに協力的な被疑者に限っている場合が多い。犯行を強く否認しつづけてきた多門は、一度も業者の弁当を食べていなかった。

二枚のサーロイン・ステーキは、十分足らずで平らげた。

多門は伊勢海老のクリーム煮とバターロールを追加注文した。ポタージュも頼んだ。

「クマ、すぐに鬼塚捜しをはじめる気か？」

杉浦が生ハムを頬張り(ほおば)りながら、小声で問いかけてきた。

「そのつもりなんだ。それが、どうかした？」

「二、三日、おとなしくしてろや。おまえに尾行がつくことは間違いない」

「だろうね。しかし、じっとなんかしてられない」

「気持ちはわかるが、下手に動いたら、警察に一連の事件(ヤマ)を覚られるぞ」

杉浦が周囲を見回しながら、小声で言った。

多門は唸って、腕を組んだ。

「クマ、鬼塚の居所はおれが探り出してやるよ」

「杉さんの気持ちは嬉しいけど、おれの手で奴を見つけたいんだ」

「そうか。だったら、クマの気の済むようにやりな。ただし、刑事の尾行にゃ気をつけろ」

「もうヘマはやらないよ」

「ところで、クマ……」

杉浦が赤く濁(にご)ったナイフのような目に強い光を溜(た)めた。何か深刻な話をするとき、いつも同じような目つきになる。

「モーテルのガレージに車があったって言ってたな？」

「ああ、アメ車のマスタングがね。敵が辻褄を合わせるため、残しときやがったんだろう」

「当然、フォード・マスタングは盗難車なんだろうな」

「そうだと思う」

「車のことは、どのくらい訊かれた？」

「別にたいしたことは訊かれなかったよ」

「車内から、おまえの指紋が出たなんて言ってなかったか？」

「いや、そんな話はしなかったな。あっ、危え！　そいつは再逮捕のネタなんだな」

「おそらくな」

杉浦が急に立ち上がった。

「小便かい？」

「呑気な奴だな。外に刑事が張り込んでるか探りにいくんだよ」

「そうか、悪いね」

「刑事が張り込んでたら、鼻を軽く抓むよ。クマは調理場を通り抜けて、裏道から逃げろ」

杉浦はそう言うと、テーブルからさりげなく離れた。

それと入れ違いにウェイターがやって来た。追加注文したものが卓上に並んだ。

多門は、さっそくポタージュを啜りはじめた。

それから間もなく、いったん表に出た杉浦が店内に戻ってきた。杉浦は自分の鼻を抓み、小さく顎をしゃくった。多門は伊勢海老を口いっぱいに頰張り、調理場に走った。調理場は十数メートル離れた場所にあった。

勝手にドアを押すと、黒服の男が吹っ飛んできた。

咎められ、多門は理由を話した。だが、口の中には伊勢海老が詰まっていて、相手に意味が伝わらなかった。

多門はグローブのような手で、黒服の男を突き飛ばした。

すぐに調理場を駆け抜け、裏道に出る。コックたちが四、五人いたが、誰も咎めだてなかった。呆気に取られたのだろう。

裏通りに刑事らしき人影は見えない。

多門は団子状になった伊勢海老を丸飲みにして、急ぎ足で歩きはじめた。歩幅は二メートル近かった。

数十メートル進むと、物陰から二人の男が飛び出してきた。

初老と中年のコンビだった。どちらも眼光が鋭かった。刑事だろう。

多門は踵を返した。と、前方の角に黒い覆面パトカーが停まっていた。多門は舌打ちして、立ち止まった。二人の男が走り寄ってくる。

「浜松中央署の者だ。多門剛だな？」

中年の男が確かめ、逮捕状を見せた。

「なんの容疑だ？」

「窃盗だ。おまえ、マスタングをかっぱらったよな！」

「別件で逮捕るなんて、汚ねえぞっ」

多門は怒鳴った。

「話は署で聞いてやる」

「どうせ逮捕られるんなら……」

多門は、相手の顔に正拳をぶち込んだ。

メロン大の拳が相手の鼻柱を潰した。中年刑事は路上で一回転半して、横向きに倒れた。

小柄な初老刑事が全身で飛びついてきた。

「あんた、蝗の生まれ変わりじゃねえのか」

「き、きさま！」
五十四、五歳の刑事が狭い額に青筋を立て、手錠を取り出した。

多門は薄く笑っただけで、逆らわなかった。両手に手錠を嵌(は)められ、腰に捕縄(ほじょう)を回される。縄の色は紺だった。グレイの捕縄もある。

「おまえを刑務所(ムショ)に送り込んでやるっ」

中年刑事が鼻血をハンカチで拭(ぬぐ)いながら、憎々しげに喚(わめ)いた。

多門は左目を眇(すが)めたきりだった。

二人の刑事に背を押されて、覆面パトカーに足を向ける。車に乗り込むとき、多門の視界に杉浦の姿が映った。

二人は顔を見合わせ、小さく苦笑し合った。

覆面パトカーは、すぐに発進した。浜松中央署まで三分もかからなかった。

多門は二階に押し上げられた。

その階には、刑事捜査係のデスクが並んでいる。そのすぐ近くに、五つの取調室があった。

その反対側に留置場がある。

五つの居房は扇の形に並んでいた。全居房をひと目で見渡せる位置に看守席があった。

刑事課に入ると、刑事課長と強行犯係の係長が勝ち誇ったような笑みを見せた。やはり、別件逮捕は予定の行動だったらしい。

なぜだか静岡県警の捜査員は見当たらなかった。中年と初老の刑事は、強行犯係の者だった。多門は第三取調室に入れられた。

室内は、ひどく狭い。スチールのデスクと椅子が二つあるだけだ。隣との仕切り壁には、鏡が嵌め込まれている。マジックミラーだ。

「こいつは不当逮捕だ。おい、弁護士に連絡させろ！　おれには、その権利があるはずだっ」

多門はパイプ椅子に腰かけ、正面に坐った中年刑事に言った。

「さすがに前科持ちだけあって、詳しいな。『パラダイス』で押収したアメ車は、どこでかっぱらったんだ。え？」

「そいつは、おれを嵌めた奴に訊いてくれ」

「興奮が鎮まったら、また調べるぞ」

刑事は、弁解調書から顔を上げた。あくまでも形式的な取り調べだった。

多門は取調室から出され、同じ階にある留置場に導かれた。

出入口は鉄扉だ。初老の刑事がブザーを押すと、覗き窓から看守が顔を見せた。

多門は、面会室の隣にある新入調室に押し込まれた。

全裸にさせられ、頭のてっぺんから足の爪先まで調べられた。四つん這いにさせられ、尻の穴まで覗かれた。惨めだった。

「立派な道具をぶら下げてるじゃないか」

初老の刑事が品のない笑い方をした。

「くわえてみるかい？」

「きさま、警察官を侮辱するのかっ。早く薄汚ないものを隠せ！」

「怒ると、血圧が上がるよ」

多門は相手をからかって、衣服を手早く身に着けた。留置場では、私服の着用が認められていた。

腕時計や現金などの私物は持ち込めない。ベルトの代わりに紙紐を与えられ、履き物はぶかぶかの草履型のスリッパを使う。

指紋採取と写真撮影は、すでに十二日前に済ませている。多門は、午前中までいた第三居房に戻された。多くの警察署の留置場はカーペット敷きの床か畳だが、ここは板張りだった。その上に、垢塗れの茣蓙が敷いてある。

床の平面は台形に近く、五畳ほどのスペースしかない。右の隅に、水洗の便器がある。和式でコンクリートの低い目隠し板があるきりだ。用便後、自分では水を流せない。いちいち大声で看守に願い出て、看守席の流水ボタンを押してもらうことになっている。

通路側は鉄格子と金網が一面に張り巡らされている。小さな採光窓も、鉄格子入りの金網だ。むろん、暖房装置などない。

それどころか、寝具は蒲団の代わりに擦り切れた五枚の毛布とぺっちゃんこの枕を貸与されるだけだ。どちらも埃と垢に塗れて、異臭を放っている。

神経質な被疑者は、とても眠れないだろう。

だが、多門は図太く眠ってきた。たっぷり睡眠をとっておかなければ、取調室で刑事たちの誘導尋問に引っかかってしまう不安があったからだ。

軽はずみに一連の事件のことを口走ってしまったら、志穂たちの救出ができなくなるかもしれない。そんな事態に陥ることは、何がなんでも避けなければならなかった。

多門は壁に凭れ掛かって、筋肉の発達した長い脚を投げ出した。

そのとき、脳裏に真理加の顔と裸身が浮かんだ。切実に抱きたいと思った。

その思いを断ち切るように、志穂、沙織、千晶、未来、チコの五人の顔をひとりずつ頭に思い描いた。きょうも彼女たちは、外国人やくざや関西の極道どもに嬲られているにちがいない。チコもそうだろう。

多門は何か重苦しい気持ちになった。

裏稼業のことも気がかりだった。佃という謎の男は、すでに自分の得意客をおおむね奪ってしまったのではないのか。

苛立(いらだ)ちと不安が募(つの)った。多門はわれ知らずに、羆(ひぐま)のように吼(ほ)えていた。看守が顔をしかめた。

取り調べの呼び出しがかかったのは、それから数分後だった。

多門は留置場から出され、(留)のマークの入った赤い腕章をさせられた。逃亡を予防するための腕章だった。

腰に捕縄を打たれて、取調室に連れ込まれた。

そこには、勝又(かつまた)係長と土居(どい)刑事がいた。多門はパイプ椅子に坐らされた。捕縄の先端は、椅子のパイプにきつく括(くく)りつけられた。

「多門、おまえを起訴できそうだよ」

勝又が嬉しそうな表情で言って、机の向こう側の椅子に腰かけた。

まだ五十歳前らしいが、ほとんど頭髪がない。浅黒い額が、てかてかと光っている。

「別件で起訴する気か？」

「そうじゃない。本件だよ。おまえと弁護士は、返り血を全然浴びていないことを犯行否認の大きな材料にしたよな？」

「ああ。おれがナイフで寛亜衣子の体を三カ所も刺してたら、少しは返り血は浴びてたはずだ」

「あの凶器では、あんまり返り血は浴びないんだよ。いま、実験してやろう」

勝又は机の引き出しを開け、大ぶりのリンゴと折り畳み式のナイフを取り出した。凶器と同じ型のフォールディング・ナイフだった。

「被害者の刺し傷から、犯人がナイフの刃を上向きにして刺したことは明らかだ」

「何が言いてえんだっ」

「多門、よく見てろ！」

勝又係長は言うなり、左手に持ったリンゴにナイフを突き刺した。また、刃が上だった。

果汁がゆっくりと刃を這（は）い、柄の溝に蟠（わだかま）った。多門は黙したままだった。

勝又がナイフを引き抜いた。切り口から、果汁が糸を曳（ひ）きつつ滴（したた）りはじめた。

「流れてる果汁を血と思え」

勝又がそう言って、ふたたびナイフをリンゴの中に突き入れた。刃は上向きだった。

さきほどと同じように流れ出た果汁が刃を滑り、鞘（さや）の中に落ちていった。

「つまり、こういう具合だったから、おまえは体に被害者（マルガイ）の血を浴びなかったんだよ。ちがうか？」

「おれは殺（や）っちゃいねえ。こじつけ話で、人殺し扱いするなっ」

「いいかげんに自供（ゲロ）しろ！」

立ったままの土居が、大声を張りあげた。土居は多門と同年代のようだった。スポーツ刈りで、体格は割に逞しい。

「あんたらはおれを真犯人にしてえんだろうが、亜衣子を殺ったのはおれじゃない」

「凶器には、おまえの指紋が残ってたんだっ。拭ったつもりなんだろうが、残ってたんだよ！」

土居が怒鳴った。

「おれには殺しの動機がない」

「おおかた、おまえは筧亜衣子に結婚でも迫られたんだろう」

「おれたちは、そんな深い関係じゃなかったんだっ。そのことは、何度も言っただろうが！」

「おまえたちがモーテルに入るところを見た人間がいるんだ」

「そいつをここに連れて来いよ。あんたら、密告電話を鵜呑みにしてるだけだろうがっ」

「この野郎！」

土居が多門の胸倉を摑んだ。

多門は、土居の腕に唾を吐きかけた。土居が逆上し、多門の頭を小突き回す。

「汚ねえ手で、おれの頭に触るんじゃねえ」

「この悪党が！」

土居が罵倒し、手を放した。

少し経ってから、多門は言った。

「麻酔液のことはどう説明するんだ？」

「確かに、おまえの着衣にはエーテル液が染みついてた。しかし、それは被害者を殺した後、自分で……」

「もううんざりだっ」

多門は高く吼え、口を噤んだ。

すると、土居が拳で机の上を叩いた。勝又が目で部下を制して、穏やかな声で言った。

「煙草、どうだ？」

「今度はメンドウミか」

多門は、せせら笑った。メンドウミというのは泣き落としの隠語だ。犯罪者や刑事たちが、よく使っている。

「外の喫茶店から、コーヒーを出前してもらってもいいよ。それとも寿司がいいかな？」

「どうせなら、美女の差し入れを頼まあ。セクシーな女がいいな」

「自白してくれりゃ、悪いようにはしないよ」

「おれはシロなんだ。嘘の自白なんかできねえ」

「シロだって大見得切るなら、こっちが納得できる供述をしろっ」

勝又が、また声を張った。

多門は奥二重の左目を眇めた。

「その目つきは何だっ」

「そっちの目つきだって、よくないぜ」

「おまえがシラを切りつづけるつもりなら、何度でも別件で逮捕ってやる！　それでも、いいんだなっ」

勝又がいきり立って、ナイフの突き刺さったリンゴを壁に叩きつけた。

多門の後ろで、リンゴの潰れる音がした。重苦しい静寂が取調室を支配する。

起訴されたら、最低二カ月は出られない。看守を抱き込んで、脱走するか。

多門は半ば本気で、そう考えた。しかし、それはほとんど不可能な企みだった。

長嘆息する。この先、どうなるのか。

多門は天井を仰いだ。

第四章　殺人鬼の素顔

1

銃弾が頬を掠めた。

衝撃波が多門の顔面を撲つ。拳銃弾ではなく、ライフル弾だった。銃声は聞こえなかった。

夜の九時過ぎだった。

多門はカローラを路上に駐め、杉浦将太の自宅に向かいかけていた。目的地は杉並区下高井戸一丁目だった。浜松中央署から出てきたのは、きょうの昼前だ。

三度目の釈放だった。

殺人容疑のほかに二度別件で逮捕され、三週間ぶりにようやく自由の身になったのである。

犯人が凶器のナイフを逆手に持っていたという警察の主張は、起訴の証拠にならなかった。

被害者の傷口の約半数は、明らかに刃を下に向けて刺されていたからだ。また、盗難車のマスタングから検出された多門の指紋も、不自然な付着の仕方だった。そんなことで、多門の容疑は晴れたわけだ。

多門は姿勢を低くして、目を凝らした。

動く人影は見当たらない。狙撃者は物陰で、じっと息を潜めているのではないか。

多門は、少し先の右側に建設会社の資材置き場があるのに気づいた。だいぶ広い。

資材置き場に誘い込むか。多門は中腰のまま、勢いよく走りだした。

すぐに銃弾が放たれた。二弾目は腰の近くを駆け抜けていった。レザージャケットの裾がかすかに揺れた。多門は駆けつづけた。

荒々しい靴音が追ってくる。

資材置き場の奥に、鉄骨が堆く積み上げられていた。その横には、砂利山が幾つかある。人の姿は目に留まらない。

追っ手の足音が急に熄んだ。資材置き場の隣は月極駐車場だった。

敵は駐車場に回り込むつもりなのか。

多門は鉄骨の山の陰に身を潜め、相手の出方を待つことにした。だが、狙撃者は何も仕掛けてこない。

多門はわざとライターを点火して、頭から転がった。二メートル近い巨身が軽やかに回る。

予想通り、闇の一点が赤く光った。

発射音は聞こえなかった。音もなく放たれた銃弾が多門の近くを掠め、積み上げられた鉄骨に当たった。高い金属音が響き、小さな火花が散った。

狙撃者は道寄りの暗がりにいた。

割に上背がある。顔かたちは判然としなかった。

多門は這って、狙撃者に接近した。間合いが十数メートルになったとき、敵に気取られてしまった。

多門は、またもや頭から転がった。一回転して、砂利山の後ろに身を伏せる。

三度、かすかな発砲音が響いた。

砂利が撥ね飛ばされ、凄まじい衝撃波が多門の顔面の肉をたわませた。熱さも感じた。しかし、幸運にも銃弾は表皮さえも抉らなかった。

狙撃者が遊底を操作する音がした。

どうやら弾が切れ、新しい実包を弾倉に詰める気になったらしい。反撃のチャンスだ。

多門は素早く起き上がり、狙撃者に向かって疾駆した。癖のある髪が逆立つ。

間合いが詰まった。

敵が銃身を摑んで、ライフルを横に薙いだ。風切り音が高かった。

多門は高く跳躍して、相手の顔面を蹴った。

的は外さなかった。上背のある男が後ろに引っくり返った。武器が落ちる。

多門は着地すると、すぐにライターを鳴らした。

倒れているのは黒人だった。志穂の口をペニスで穢した男だろう。

男のそばに、M40A1が転がっていた。アメリカ海兵隊が使用している狙撃銃だ。

ステンレス・スチールの銃身の先に、蜂の巣に似た形の黒い消音器が装着されている。

多門は狙撃銃を拾い上げ、グラスファイバー製の銃床を引き千切った。

黒人男が半身を起こして、何か短い言葉を口走った。

「鬼塚に頼まれたんだな」

多門は声を張った。

男は答えない。言葉が通じないようだ。多門は踏み込んで、相手の胸板を蹴る気になった。

足の先が届く前に男が宙返りをした。鮮やかな蜻蛉返りだった。

多門は、次に回し蹴りを放った。

あっさり躱されてしまった。多門はふたたび回し蹴りを浴びせると見せかけて、狙撃銃の銃身で相手の側頭部を殴打した。骨が鈍く鳴った。

男が呻いて、よろけた。

よろけながらも、ふたたび蜻蛉返りを見せた。なんと男は肩で自分の体を支え、奇妙な逆立ちをしていた。狙撃者は、カポエイラを心得ているようだった。

多門は少し緊張した。

カポエイラは、ブラジルの黒人たちに古くから伝わる格闘技だ。アフリカの各地から狩り集められた彼らの先祖の奴隷たちが編み出した護身術で、その動きは舞踏に似ている。

だが、足技の威力はかなりのものらしい。

男が挑発するように、二本の長い脚をくねくねと旋回させはじめた。

多門は、狙撃銃の消音器で男の股間をぶっ叩く気になった。銃身を大きく振り被って、すぐに打ち下ろす。

しかし、相手の脚で払われてしまった。狙撃銃が、多門の手からすっぽ抜けた。男は逆立ちをしたままだった。

多門は横蹴りを見舞った。風が湧く。

横蹴りも脚で払われた。軸足がふらついた。

その隙に、黒人男が反動をつけて宙返りをした。

着地するなり、相手は高く舞った。舞いながら、左右の足を飛ばしてくる。

空気が縺れ合った。

左のキックが多門の顎を捉えた。重い蹴りだった。多門はのけ反った。だが、倒れなかった。

地に舞い降りた男が駆け寄ってきた。踊るように目まぐるしく動きながら、左右の回し蹴りを浴びせてくる。鋭角的な蹴りだった。

多門は、少しずつ後退しはじめた。

怯んだわけではなかった。早く勝負をつける気になったのだ。男は宙返りをしながら、足技で攻めてきた。

多門は一気に走って、鉄骨を一本摑み上げた。長さは四メートルほどだった。

海鳴りのような怒号を放ちながら、多門は鉄骨を振り回した。

男が弾け跳んだ。仰向けになったところを見届け、長い鉄骨を黒人男の腹に叩きつける。

肉の潰れる音が聞こえた。

男が野獣のように唸り、手脚を亀のように縮めた。

多門は男に駆け寄って、三十センチの靴で鉄骨を強く押した。男が凄まじい声を轟かせた。

嚙み合わせた歯が重く鳴った。

「てめえ、外国人やくざだなっ」

多門は言った。

男は唸るだけで、何も喋ろうとしなかった。

「な、なめやがって」

多門は鉄骨を抱え上げ、今度は男の胸の上に落とした。

肋骨の折れる音が高く響いた。多門は、またもや鉄骨を持ち上げた。三度目は相手の顔面を狙った。肉と軟骨がひしゃげる音がした。

男が長く唸って、母国語で何か訴えた。スペイン語か、ポルトガル語のようだった。

「に、に、日本語さ喋れ！」

多門は苛立った。

だが、肌の黒い男は頑に口を割ろうとしなかった。多門は鉄骨をどけて、男を摑み起こした。

次の瞬間、男の体が後方に吹っ飛んだ。

多門は道路の方を見た。そこに、消音器付きの拳銃を構えた白人の男が立っていた。目つきが鋭い。おそらく仲間だろう。

その男は、多門にも銃弾を放ってきた。とっさに多門は地に身を伏せた。白人男は五発ぶっ放すと、身を翻した。動きは敏捷だった。

多門は起き上がって、男を追った。

道路に飛び出すと、白っぽい車が発進しかけていた。多門は車を追いかけた。と、後ろで高いエンジン音が響いた。

多門は走りながら、振り向いた。すぐ背後に見覚えのあるミニバンが迫っていた。横浜の国際埠頭で見た車のようだ。

このままでは撥ね飛ばされるだろう。

多門は路面を思いきり蹴って、駐車場の敷地の中にダイビングした。駐車中の車体にぶつかり、横に転がった。

運よくどこも傷めなかった。車体は大きくへこんでいる。

多門は素早く起き上がって、車道に出た。しかし、すでにミニバンは表通りを左折しかけていた。

白っぽい車は、とうに曲がってしまったようだ。影も形も見えなかった。

多門は資材置き場に駆け戻った。

黒人男の手首を取る。脈動は伝わってこなかった。

多門は狙撃銃全体をハンカチで拭うと、黒人の死体から遠ざかった。

あたりをうかがいながら、杉浦の家に急いだ。旧東京電力総合グランドの裏手にあった。

ごくありふれた建売住宅だ。

一分ほどで着いた。

家の前の路上で、多門は衣服の埃と泥を丹念にはたき落とした。

玄関のインターフォンを鳴らすと、待つほどもなく杉浦が現われた。渋い色合のスーツ姿だった。大阪から戻って、まだ間がないらしい。きのうの朝、杉浦は関西に調査に出かけたのである。

多門は、玄関脇の六畳間に通された。和室だ。

ホットカーペットの上に炬燵が置かれている。どちらもスイッチが入っていた。

杉浦は男のくせに冷え症だった。若いころから長年、外で張り込みをしてきたせいだろうか。

「電話で収穫があったなんて言ってたけど、何を摑んでくれたのかな？」

多門は炬燵の中に脚を入れた。

「その前に、クマ、新聞読んだか？」

「鬼塚が五日前に銀座のホテルの部屋で射殺されたって記事のこと？」

「そうだ」

「読んだよ。予想外の展開になったんで、びっくりした。身代金の分け前のことで仲間とトラブったんじゃねえのかな」

多門は言った。新聞の記事によると、鬼塚は半月ほど前に香港から戻っていたようだ。

「そうだろうな。鬼塚は別の理由で消されたのかもしれないぜ」

「杉さん、どういうことなんだ？」

「何か裏がありそうなんだよ」

杉浦が言って、分厚い封筒を炬燵テーブルの上に置いた。それから、五、六十枚のカラー写真をトランプカードのように卓上に並べた。

多門は写真を見渡した。見覚えのある顔がいくつもあった。

「全部、大阪で隠し撮りしたやつ？」

「そう。横顔が多いけど、一応、どいつも面は写ってる。こいつが佃義夫だよ」

杉浦が一枚の写真を抓み上げた。

本牧の酒場で、ショートボブの女の頬を張った男だった。

「その野郎が佃だったのか。それじゃ、酒場で言い争ってたのは二人の狂言だったのかもしれねえな。そうだ、そうにちがいない。あのショートボブの女は最初っから、おれを国際埠頭に誘き出す気だったんだろう」

「クマ、何か思い当たるんだな？」

杉浦が確かめるような口調で言った。多門は経緯をつぶさに話した。

「そうだったのか。そのショートボブの女は、佃義夫の愛人みてえだな。名前は中畑美帆だったと思うよ」

「杉さん、佃って野郎は何者なんだい？」

「『十全セキュリティー・サービス』って会社の代表取締役だよ。年齢は三十八歳だ。この男の正体を摑むことができたのは、クマのアイディアのおかげだよ」

「偽の脅迫電話のことだね？」

「そう。クマに言われた通りに、こっちは過激派に化けて、日東電子なんかに偽の脅迫電話をかけまくったんだ」

「で、網を張ってたんだね？」

「その通りだ」

「その佃って野郎の会社は、どこにあるんだい？」

「大阪の難波だよ。大きな貸ビルの中に本社を構えてる。表向きは警備会社ってことになってるが、ガードマンらしい者はひとりも出入りしてなかったよ。要するに、クマと同じ稼業なんだろうな」

「やっぱり、そうだったか」

多門は言って煙草に火を点けた。

「もっとも、あっちはシステム化されてて、人材派遣会社みてえに依頼に適ったスタッフを差し向けてるようだったよ」

「依頼人は多いのかな？」

「割に繁昌してるようだったな。関西全域をマーケットにしてることは確かだ。武道家崩れや曾根崎組の外国人組員たちが、主に荒っぽい仕事をこなしてるみたいだぜ」

「曾根崎組は、生島組と同じく神戸連合会の傘下だよな。藤本とかいう奴は、なんで生島組の名を口にしやがったんだろう？」

「同じ代紋掲げてるけど、あまり仲がよくねえんだよ」

「そういうことか。佃は極道なの？」

「いや、佃は京大出身の元銀行員だよ。ただ、奴の叔父が曾根崎組の若頭なんだ。そういう繋がりで、佃は曾根崎組の組員を社外スタッフにしてるみたいだな。この四人の外国人も……」

杉浦がそう言いながら、外国人組員たちの顔写真を横一列に並べた。

どの顔にも見覚えがあった。本牧の国際埠頭で襲いかかってきた赤毛の白人は、マイクというアメリカ人らしい。その相棒はタイ人だという。クリアンサックという名で、格闘技の達人らしかった。

さきほど死んだ黒人は、カルロスという名のブラジル人だった。

カルロスを撃ち殺して逃げた白人男は、ユーリー・デニーソビッチというロシア人らしい。

ユーリーは一時期、日本のプロボクシング界で活躍したことがあるという。

「このカルロスってブラジル人は、すぐそこの資材置き場でくたばったよ。仲間のユーリーってロシア人に撃たれたんだ」

「クマ、襲われたのか!?」

「ああ。あいつら、佃におれを消せって命じられたんだろう」

多門は他人事(ひとごと)のように言って、煙草の火を揉(も)み消した。

「おおかた佃が鬼塚の犯行に見せかけて、一連の事件(ヤマ)のシナリオを練ったんじゃねえか。むろん、鬼塚を殺させたのも佃だろうな」

「杉さん、佃と鬼塚の接点は?」

「そのへんの裏付(ウラ)けは取れなかったんだが、どっちも悪党だから、どこかで接触があったんだろう」

「そうかもしれないが、ちょっと腑(ふ)に落ちないな」

「どこが?」

杉浦が顔を引き締め、両腕を炬燵蒲団の中に突っ込んだ。

「佃の狙いがおれのマーケット荒らしだとしたら、ちょっと変じゃないか。奴は荒っぽい野郎を大勢かかえてるわけだから、おれを闇討ちさせりゃいいわけだからね？」

「まあ、そうだな」

「それをわざわざおれの彼女たちを引っさらって、その上、社長令嬢の誘拐までさせやがった。人質のひとりは殺された。止めは人殺しの濡衣だ。いくら何でも、しつこすぎるよ」

「確かに、クマの言う通りだな」

「何か複雑なからくりがありそうだね」

多門は腕を組んだ。

「佃のバックに誰かいそうだな」

「ああ、おそらくね。そいつが、おれを徹底的にいたぶる気なんだろう」

「思い当たる奴は？」

「すぐには思い当たらないな。佃の黒幕が鬼塚だと思ってたんだが……」

「読みは外れたみてえだな」

「杉さん、佃の会社名は十全なんとかだったよね？」

「『十全セキュリティー・サービス』だよ」

「ただの偶然かもしれないが、例の筧亜衣子のダイイング・メッセージが〈十〉だったな」

「つまり、十全の十ってわけか？」

杉浦が言った。元刑事らしい顔つきになっていた。

「そう。しかし、佃と亜衣子とは面識もなかったと思うんだ」

「クマ、そう決めつけちゃってもいいのか。意外な結びつきってことも考えられるぜ。そのあたりのことを少し調べてやるよ」

「杉さん、佃は東京にも拠点を持ってるんじゃない？」

「事務所は、まだ開設してねえな。けど、佃はちょくちょく上京してるよ。常宿(じょうやど)は赤坂の西急(せいきゅう)ホテルだ。張り込んでみな」

「それより、明日、大阪に乗り込むよ」

「ひとりで大丈夫か？」

「何とかなるだろう」

「クマ、軽く飲まねえか？」

「ちょっと行かなきゃならない所があるんだ。つき合えなくて、ごめん！」

「女だな？」

「まあね」

多門は炬燵から出て、玄関に向かった。

カローラを駐めた場所まで、用心しつつ歩く。資材置き場の前には、警察や新聞社の車がびっしりと連なっていた。人の数も多かった。

人波を縫って、カローラに近づく。ざっと車を点検してから、多門は運転席に坐った。

真理加のマンションに向かう。

彼女には昼間、電話をしてあった。この三週間、仕事で全国を飛び回っていたと言い繕っておいた。

マンションに着いたのは、およそ四十分後だった。

二人は玄関ホールで熱く唇を重ね、暖房の効いた居間のシャギーマットの上で激しく交わった。真理加は、前回よりも奔放に振る舞った。多門も牡になりきった。

濃厚な交わりが終わると、真理加は裸のままで浴室に向かった。多門はシャギーマットに腹這いになって、煙草に火を点けた。情事の後の一服は格別にうまい。

一服したら、真理加の裸身を丹念に洗ってやるつもりだ。

2

罠の気配が濃い。

前を行く二台の車は表六甲(おもてろっこう)ドライブウェイを左に折れ、西(にし)六甲ドライブウェイを走っている。黒塗りのロールスロイスと深緑(ふかみどり)のマセラティ・ビトゥルボだ。

罠でもかまわない。逃げたくなかった。

多門はステアリングを操(あやつ)りながら、覚悟を決めた。

車はレンタカーだった。大阪の御堂筋(みどうすじ)で借りた灰色のエルグランドだ。カローラと違って、ずっと運転しやすい。車内も広かった。

多門が『十全セキュリティー・サービス』のオフィスのある高層ビルの前で張り込みをはじめたのは、きょうの夕方だった。

もっと早く東京を発(た)つつもりでいた。しかし、明け方まで真理加と貪婪(どんらん)に互いの肉体を貪り合い、つい寝過ごしてしまったのだ。

ロールスロイスに佃義夫と美帆が乗り込んだのは、およそ一時間半前だった。イタリア製のマセラティには、三人の外国人やくざが乗り込んだ。

左手の麓に神戸の夜景が見える。宝石を鏤めたような灯火の瞬きが魅惑的だ。

多門はミラーを仰いだ。妙な車は追尾してこない。

摩耶口のバス停を通過すると、二台の車は急にスピードを上げた。多門もアクセルペダルを踏み込んで、腕時計を見た。午後十時を回っていた。

十数分走ると、先行の車は林道に入った。

林道の入口に石楠花山という道標があった。揺れが大きくなった。

多門は低速で車を進めた。この山のどこかに敵のアジトがあるのか。それとも、佃たちは人目のない場所に自分を誘い込もうとしているのだろうか。

やがて、山道は二股に岐れた。ロールスロイスは右の道を選んだ。マセラティは左だった。

多門は一瞬迷ったが、佃の車を追った。

闇が深い。あたりに民家は一軒もなかった。道は幾重にも曲がりくねっている。

少し行くと、道を塞ぐ形で軽自動車が駐まっていた。すでにロールスロイスは見えなくなっていた。軽四輪は敵の車かもしれない。

多門は、そのままアクセルペダルを深く踏み込んだ。

軽四輪が、ぶつかった弾みで向きを変えた。弾き飛ばして突き進む。エルグランドのドアミラーが内側に折れただけだった。

突然、闇の中で赤いものが点滅した。銃口炎(マズル・フラッシュ)だった。

多門はレンタカーを前進させた。できるだけ背を丸める。いくらも走らないうちに、フロントガラスに数発の銃弾が命中した。

そのうちの一発は、多門の首すれすれのところを通過していった。

シールドの穴は割に大きかった。見通しが悪い。

多門はエルグランドを停め、外に飛び出した。

林の中に走り入り、静岡で敵から奪ったドイツ製の自動拳銃を掴み出す。

安全装置を外したとき、低周波の唸りに似た音が聞こえた。

短機関銃(サブマシンガン)の銃声だ。銃弾が近くの樹の幹(みき)に当たった。多門は樹木の間を抜けながら、林道に沿って駆けた。

エルグランドのヘッドライトの光の届く場所に、イングラムM11(マックイレブン)を持った男がいた。

日本人と思われる。おおかた曾根崎組の組員だろう。

また、サブマシンガンが吼(ほ)えた。多門は太い樹木に巨身を半分隠して、男に銃口を向けた。

充分に狙いをすまして引き金を絞る。

ガス・ピストンが九ミリの強装弾を勢いよく弾き出した。パラベラム弾は標的の右肩に沈んだ。男が肩を丸めて転がった。

と、別の男が現われた。

やはり、組員だろう。その男も、アメリカ製のイングラムM11を持っていた。

すぐに短機関銃が火を噴きはじめた。

全自動だった。二十発以上の弾丸が暗い木立ちにぶちまけられた。威力は、それほど強くない。拳銃弾が用いられているせいだ。

銃声が途切れた。

すかさず多門は林道に躍り出た。男がポケットから摑み出した予備弾倉を短機関銃に叩き込もうとしている。視線が交わった。

多門は不敵に笑った。

男がたじろぎ、サブマシンガンと予備弾倉を足許に落とす。すぐに相手は、懐からリボルバーを取り出した。

多門は前に走った。巨体ながら、足は速い。

あえて敵の方に走ったのは、被弾を避けるための知恵だった。標的が近づくと、どうしても射手の肘は開き加減になってしまう。その分、命中率は下がる。

多門は第一空挺団の特殊部隊にいたころに、そのことを学んでいた。

予想通り、男の肘が甘くなった。放たれた銃弾は大きく逸れていた。多門は雄叫びめいた怒号を轟かせながら、並外れた巨軀を軽々と舞わせた。

できるだけ高く跳び、男の喉笛と腹に左右の連続蹴りを浴びせる。

男がいったん反り身になって、すぐに体を前屈みに折った。そのまま五、六メートル後ろまで吹っ飛んだ。

着地すると、後ろでM16A1の銃声が響いた。

赤毛の白人が自動小銃をぶっ放していた。マイクだ。マイクの後ろには、小柄なタイ人の姿が見える。確かクリアンサックという名だった。

M16A1が赤い炎を吐いた。

多門は片膝を落として、慎重に撃ち返した。

三発目は無駄弾になったが、四発目がマイクの腿の肉を削いだ。マイクが膝から崩れた。

次の瞬間、タイ人が何かを投げつけてきた。

なんと手榴弾だった。多門は林の中に逃げ込んだ。振り返ったとき、炸裂音が轟いた。

すぐ近くで、赤い閃光が走った。

爆風に煽られ、多門はよろけた。生木が裂け、湿った土塊が頭上から降ってきた。葉の焦げた小枝も落ちてくる。

多門は白煙を払いのけ、体勢を整えた。

そのとき、左の腿に灼熱感を覚えた。銃弾が肉を五、六ミリ抉(えぐ)ったようだ。

「く、くそったれが。おめらを、み、み、皆殺しにしてやっど！」

多門は林道に飛び出した。

そのとき、何かに全身を包まれた。投網(とあみ)だった。足を掬(すく)われ、多門は転がった。

網が引き絞られ、次第に四肢の自由が奪われていく。多門は体をいったん縮め、すぐに手脚を勢いよく伸ばした。投網が裂ける。

多門は立ち上がった。

そのとき、丸太で肩を強打された。ふらついたとき、タイ人の強烈なハイキックに見舞われた。狙われたのは脇腹だった。倒れると、キックの雨が降ってきた。

多門は息を詰めて、反撃のチャンスを待った。

少し経つと、首筋に冷たい金属棒を押し当てられた。ほとんど同時に、放電音が聞こえた。

多門は全身に痺(しび)れを感じた。高圧電流銃(スタンガン)を使われたようだ。

多門は巨身を捩(よじ)って、電極の先端から肌を離そうとした。

そのたびに、脇腹を執拗(しつよう)に蹴られた。抵抗が弱まると、すかさず体に電流を通された。

熱感と痺れにさいなまれているうちに、多門は意識がぼやけはじめた。上瞼が垂れ下がってくる。足腰に力が入らない。

やがて、多門は気を失った。

足首の痛みで、意識を取り戻した。

いったい、どれだけの時間が過ぎ去ったのか。

多門は逆さに吊るされていた。胸苦しい。自然に口が開いてしまう。

四、五十センチ下はコンクリートの床だった。何かの作業場のようだ。

多門は、両手首を背の後ろで縛られていた。

それは湿った太いロープだった。縛めは、少しも緩まない。

レザージャケットは脱がされていた。

頭に血が溜まって、いまにも血管が破裂しそうだ。腿の銃創は、かすかに疼く程度だった。

人の姿はない。薄気味悪くなるほど静かだ。

多門は全身を揺さぶってみた。

滑車が軋むだけで、足首のロープは緩まなかった。踝に喰い込んだロープが痛い。表皮が破れ、肉が裂けているのではないか。

鉄の扉が開き、二人の男が入ってきた。

ユーリーとクリアンサックだった。ロシア人とタイ人だ。

「おれの彼女たちは、どこにいる？　佃を呼んできやがれ！」

多門は喚いた。

どちらも返事はしなかった。無表情だった。

小柄なタイ人が近づいてきて、ハイキックを放った。腹にヒットした。多門の体が回った。

ロープが一杯に捩じれると、今度は逆回転しはじめた。

十数秒後、クリアンサックが前蹴りと肘打ちを浴びせてきた。どちらも強烈だった。

肋骨が鳴り、内臓が灼けた。多門は長く呻いた。

タイ人は多門の鳩尾に十発近い膝蹴りを入れると、後ろに退がった。

ユーリーが前に出てくる。両拳を固めていた。鋭い目は血走っている。

多門は巨軀に力を漲らせて、ロープを揺さぶりはじめた。

少しずつ振幅が大きくなっていく。揺り戻しを利用して、多門はプロテクター並の分厚い肩でユーリーを弾いた。ユーリーが、四、五メートル吹っ飛んだ。

すぐにロシア人は勢いよく立ち上がった。青い目が暗く燃えはじめていた。すかさずタイ人が抜け目なく、多門の体の動きを封じた。

元プロボクサーのユーリーが、ボディーブロウを叩き込んでくる。

さすがにパンチは重かった。並の男なら、一発で気絶しているにちがいない。

「おめ、ひ、ひ、卑怯でねえか。元プロなら、おれとナックルで勝負さしろ！」

「……………」

ユーリーが無言でタイ人に目配せした。

クリアンサックが滑車のロープを緩めかけたとき、赤毛の白人男が入ってきた。脚を痛そうに引きずっていた。マイクだ。

アーチェリーを手にしていた。腰には矢筒を提げている。五、六本の矢が入っていた。二十八インチの矢のようだ。弓弦も割に太かった。

五、六メートルの至近距離から狙われたら、放たれた矢は体を突き抜けるだろう。侮れない。多門は気を引き締めた。

色の浅黒いタイ人が滑車のロープをきつく締め直し、ユーリーのかたわらに立った。

マイクが冷笑して、弓を構えた。

五メートルほどしか離れていない。マイクが手早く弓に矢を番え、弦を引き絞る。弓には照準も付いていた。

一の矢が放たれた。

空気が裂け、鋭い音が尾を曳く。多門は身を反らした。矢は大きく的から外れていた。どうやら威嚇だったらしい。

マイクがすぐ二の矢を射た。

それは、多門の胸を掠めた。タートルネック・セーターが破れる。

三の矢は多門の左腿に埋まった。体を捻った瞬間だったからか、矢は深くは沈まなかった。

それでも、すぐに生温かい血が噴き出した。鮮血は砂色のチノクロスパンツを濡らし、さらに肌の上を滑っていく。

傷口が痛みはじめた。刺されたような痛みだった。

赤毛の男が四の矢を放った。その矢は、多門の脇腹に突き刺さった。

やはり、深くは埋まっていない。どうやらマイクは、弦を限界までは引き絞らなかったようだ。それでも、痛みは鋭かった。鋭利な刃物で肉を抉られたような感じだ。

ユーリーがマイクに何か小声で言った。

マイクが短く応じ、洋弓を下げた。そのとき、二つの人影が入ってきた。佃と美帆だった。

美帆と目が合った。彼女の顔には嘲笑が浮かんでいた。

「やっと面を見せやがったな」

多門は傷の痛みを堪えながら、佃義夫を睨みつけた。

「本牧で、あんなに簡単に引っかかるとはな」

佃が嘲った。

その声は、脅迫電話をかけてきた人物と同一だった。多門は、志穂たち四人の女とチコの安否が気になった。それを早く知りたかったが、傷の痛みでうまく喋れなかった。

佃が懐から、ベレッタM84を摑み出した。

ダブルアクションの自動拳銃だ。引き金を絞り込むと、自動的に撃鉄が起きて、すぐに倒れる。ベレッタM84の銃口が多門の頭に向けられた。殺されるのだろう。

多門は、そう思った。だが、そうではなさそうだった。

外国人やくざが三人がかりで、巨体の多門を床に下ろす。三人は唸りつづけ、何度も体をふらつかせた。足首のロープだけ解かれ、多門は床に立たされた。

二矢を体に埋めたまま、外に連れ出された。

闇の奥に白い柵が見える。牧場らしい。

周囲は樹木だらけだ。前方に、一台の大型保冷車が駐まっていた。

「女たちは、冷凍庫の中にいるよ。まだ凍死しちゃいない」

佃が言った。美帆は従いてこなかった。

多門は隙を衝いて、佃に体当たりした。佃が吹っ飛ぶ。ベレッタが暴発し、赤い火を吐いた。

多門は、佃の顎を三十センチの靴で蹴り上げた。佃が後ろに転がった。

体勢を立て直したとき、ユーリーの強烈なパンチが飛んできた。多門は眉間を殴られ、腰が砕けそうになった。

ほとんど同時に、タイ人のハイキックが首筋を捉えた。重い蹴りだった。

多門は呻いて、横倒しに転がった。弾みで、体に刺さっている二本の矢が折れた。

傷口が拡がった。かなり痛い。思わず多門は重く呻いた。

歯を喰いしばって立ち上がろうとしたとき、マイクが多門の背後で気合を発した。

そのすぐ後、多門は左の肩に激痛を覚えた。アーチェリーの矢を突き立てられたのだ。

多門は頽れた。

間髪を容れず、三人の外国人やくざがキックの雨を降らせはじめた。

多門は全身の筋肉に力を入れ、少しでもダメージを小さくすることしかできなかった。痛みの分だけ、怒りと憎悪が膨らんだ。

数分後、三人は離れた。

佃が銃把で、多門の側頭部を撲った。頭皮が裂けた。多門は、体から力が抜けていくのを意識した。だが、闘志は萎えていなかった。

しかし、手脚に力が入らない。立てなかった。なんと忌々しい。

多門は四人の男に抱き上げられ、保冷車の荷台の中に投げ込まれた。すぐに観音開きの扉が閉ざされた。冷凍庫内は真っ暗だった。冷気が針のように鋭い。

むろん、零度以下だろう。皮膚が突っ張り、全身の筋肉が縮こまった。傷口の血も凍りつきそうだった。吐いた息が、たちまち白く固まる。

「おれだ。みんな、無事か？」

多門は湿った床板に横たわったまま、声をかけた。喋った声が震えた。

あまりの寒さに、舌が引き攣れた。口の中にドライアイスを突っ込まれたような感じだった。ややあって志穂の震え声が聞こえた。

「その声は、多門さんね？」

「そうだ」

「みんな、無事よ。沙織さんも千晶さんも、それから未来さんやチコさんもここにいるわ」

「そうか。おれ、後ろ手に縛られてるんだ。みんなで起こしてくれないか」

多門は頼んだ。

女たちが、いっせいに駆け寄ってきた。チコも走ってくる。五人とも衣服をまとっていないようだった。触れた肌が氷のように冷たかった。

庫内は凍てつき、ひどく息苦しい。

多門は抱き起こされた。ロープも、ほどいてもらった。

すぐに多門は手探りで、折れた矢を二本とも引き抜いた。肉が引き攣れ、傷口に血が湧いた。左肩の矢も抜く。一瞬、意識が霞んだ。

「みんな、素っ裸にされちまったのか？」

「そうなの」

沙織が答えた。声には怒りが込められていた。当然だろう。

「体を寄せ合って、肌を摩擦し合え。じっとしてたら、すぐに凍え死ぬぞ」

「わかったわ」

「それから足踏みをするんだ。動きが止まった者がいたら、遠慮なく横っ面を張り飛ばせ」

多門はそう言いながら、タートルネック・セーターを脱ぎはじめた。脱いだセーターや長袖のヒートテックを引き千切り、四人に等分に与える。

多門はチノクロスパンツも脱ぎ、布地を四つに千切り分けた。靴やソックスも脱いだ。四人の女友達に、それぞれ片足だけ履かせた。

「ねえ、あたしだって、裸なのよ。何か布切れをくれない？」

チコが不満そうに言った。

「おまえは昔、男だったんだ。少し我慢しろっ」

「でも、寒くて寒くて……」

「しょうがねえな」

多門はトランクスを脱ぎ、チコに渡した。チコが嬉しがって、すぐ多門のトランクスを穿いた。

ライターは脱がされた上着のポケットの中だったか。

多門は素っ裸で、扉に近づいた。

庫内の金属壁に恐る恐る手を這わせる。凍った壁に手が貼りつくことを懸念していたのだが、意外にも壁面に霜は付着していなかった。

凍結防止の工夫がされているのだろう。内錠はどこにもなかった。

多門はドアに体当たりした。撓ることは撓るが、ドアをぶち破ることはできなかった。

「わたしたち、ここで死んじゃうの？」

未来が泣き声混じりに言った。寒さと恐怖で声が掠れている。すぐに千晶が嗄れ声で叫んだ。

「まだ死にたくない！　わたし、死にたくないよう」

「みんな、落ち着け！　おれが何とかしてやる」

「どうやって？　どうやって、わたしたちを救け出してくれるのっ」

「未来、喚くな」

思わず多門は叱りつけてしまった。

未来が泣きはじめた。ほかの四人が、未来をなだめにかかった。主なだめ役はチコだった。

そのうち未来の泣き声が熄んだ。

多門は、足踏みをつづけている四人の彼女たちの背や腰をひとりずつ両手で強く擦りはじめた。女性たちの肌はいったん火照るが、すぐ体温を奪われてしまう。四人の体の震えは、いっこうに止まらなかった。

裸足の多門も、いつからか足の裏の感覚が麻痺していた。歯の根も合わなくなった。頭髪や太い眉毛が凍りつき、ごわごわに強張っている。

「チコ以外の四人は、おれのシンボルを代わる代わるに握れ。少しは温かくなるだろう」

「あたしだけ駄目なの？　差別だわ！」

チコが歯を鳴らしながら、激しく抗議した。

四人の女たちは黙りこくっていた。誰も手を伸ばしてこない。死の影に怯えているのか。それとも、他者の目が気になるのだろうか。

多門は掌に息を吹きかけ、また女たちの冷えきった体を擦りはじめた。

数分が流れた。いつしかチコたち五人は、床に折り重なっていた。誰も口を開かない。全員、意識がぼやけてしまったようだ。

多門自身も、強い眠気を覚えていた。全身の感覚が麻痺し、もはや傷の痛みも寒さも感じなくなっている。多門は無意識に横になった。

眠りに引きずり込まれかけたときだった。

突然、庫内灯が瞬(またた)いた。扉が開く。多門ははっと意識を取り戻し、薄目を開けた。

突っ立っている人影はショートボブの女だった。中畑美帆だ。

多門は身を起こし、声をふり絞った。

「や、やっぱり、あんたは悪い女じゃなかったな。おれたちをた、救けに来てくれたんだろう?」

「…………」

美帆は答えなかった。

そのとき、彼女の背後に人影が浮かび上がった。杉浦だった。東京から尾(つ)けてきたのだろう。

「クマ、甘すぎるぜ。この女は、冷凍能力を最大にセットしかけてたんだ」

「まさか!?」

「この女に訊いてみな」

杉浦は言って、美帆の白い項(うなじ)をナイフの刃で軽く叩いた。美帆が竦(すく)み上がる。

「わ、わたしをどうする気なの⁉」

「ひとまず、中で北極気分を味わってくれ」

「いやよ、放して!」

「世話を焼かせるなって。ほら、クマ、手伝えっ」

杉浦が美帆を押し上げにかかった。

多門はためらいを捩じ伏せ、抗(あらが)う美帆の腕をグローブのような手で摑んだ。

力を振り絞って、荷台に引っ張り上げる。かすかな月明かりが庫内に届いていた。

多門は、志穂たち五人を次々に起こした。

チコが美帆に毒づいた。だが、摑みかかるだけの余力はない。ほかの女性らも同様だった。

「杉さん、ありがとよ」

多門は謝意を表した。

「クマとは腐れ縁だから、放っとくわけにもいかないじゃねえか」

「で、奴らは?」

「牧場の向こうのロッジみてえな建物の中にいるよ。曾根崎組の奴らが七、八人いるな」

「そう。杉さん、馬小屋はどこかわかる?」

「牧場のすぐ隣にあらあ」

「よし、馬を敵のいる建物の前の道に集めよう」

「クマ、何をやらかす気なんだ？」

「ちょいと面白いことを思いついたんだよ。この中の五人を安全な場所に匿ったら、すぐ馬小屋に来てくれないか」

「わかった。クマ、これを持ってけ」

杉浦が言って、ベルトの下からスミス&ウェッソンM29を摑み出した。銃身の長いリボルバーだ。

「どこで、そいつを手に入れたの？」

「現職時代に、ある組から押収したやつをくすねといたんだよ」

「杉さん、やるね。それじゃ、借りよう」

多門はリボルバーを受け取り、荷台から飛び降りた。庫内よりも外気のほうが暖かかった。

杉浦が着ているコートを脱いだ。

「クマ、これで前を隠しな。その恰好じゃ、牝馬が興奮するぜ」

「そうかな」

多門は、にやついた。

「たいした回復力だな、クマ。並の男なら、一歩も歩けねえだろう」

「コート、借りるよ」

「平然としてやがる。クマは怪物だな」

杉浦が呆れた口調で言った。

多門は杉浦のコートを腰に巻きつけた。

その恰好で、数百メートル先の厩舎まで突っ走る。走っているうちに、だんだん体が温まってきた。

大きな馬小屋だった。多門は騒ぐ馬たちを鎮めながら、一頭ずつ表に連れ出した。

十頭近く外に連れ出したころ、杉浦が駆け寄ってきた。

上半身は裸だった。着ている物を女たちに与えたらしい。

多門は、心の中で杉浦に感謝した。

二人は音を殺しながら、黙々と作業をつづけた。骨の折れる仕事だった。

三十頭あまりをロッジ風の建物の前の道に集めてから、多門は杉浦に言った。

「現職刑事の振りをして、ロッジの裏庭で大声で喚いてくれないか」

「なんだよ、そりゃ!?」

「ロッジの中にいる敵が玄関から次々に飛び出してくるだろう。奴らの車は、建物の前にあるからね」

「敵の連中が裏庭に出てきて、おれを狙い撃ちするんじゃねえのか？」

杉浦は不安そうだった。

「そのときは適当に逃げてくれ」

「無責任な野郎だな。それで、クマはどうするんだ？」

「おれは頃合を計って、馬を突っ走らせる。馬たちを大暴走(スタンピード)させるんだよ」

「なんか頼りねえ作戦だな。馬たちが突っ走らなかったら、どうなっちまうんだ？」

「失敗したら、次の手を考えりゃいいさ」

「楽観的だな、相変わらず」

杉浦が苦笑して、ロッジの裏庭に回り込む。その動きは素早かった。

多門は馬群の背後に立った。

三十頭ほどの馬は思い思いの恰好で立っている。馬の吐く息が真っ白だ。痛いほど寒い。

五分ほど過ぎると、ロッジから怒号が聞こえた。玄関から、いくつかの人影が飛び出してきた。曾根崎組の組員やマイクたちだった。

数頭の馬が、にわかに落ち着きを失った。

だが、幸運にも走りださなかった。ロッジの前の人影が多くなった。

多門はM29の撃鉄（ハンマー）を搔き起こした。輪胴（シリンダー）が小さく鳴った。リボルバーを高く翳（かざ）し、一気に引き金（トリガー）を絞る。重い銃声がこだまして、四十四口径のマグナム弾が夜空に吸い込まれた。大鹿を一発で仕留（しと）めることのできる最強の銃弾だった。地鳴りが轟いた。

馬の群れが疾駆（しっく）しはじめた。どの馬も高く跳躍しながら、まっしぐらに走っていく。土埃（つちぼこり）が濛々（もうもう）と巻き上がり、多門は一瞬、目が見えなくなった。

大地を揺るがすような大暴走だ。迫力満点だった。

多門はもう一発、空に向けて撃った。地響きと蹄（ひづめ）の音が一段と高くなった。男たちの悲鳴も、かすかに聞こえた。叫び声もした。

「わし、まだ死にとうないねん」

「押さんといてくれ！」

「のけ言うとるやないけっ」

三人の外国人やくざが声高に喚（わめ）きながら、逃げ惑っている。完璧な関西弁だった。

「あいつら、日本語使えやがったのか。もっと締め上げるべきだったな」

多門は自嘲しながら、ロッジの前まで走った。

三人の外国人やくざと曾根崎組の組員たちの死体が転がっていた。

いくつかの死体は、奇妙な形に折れ曲がっている。また、ある者は顔面が大きく陥没していた。

多門はM29を握りしめて、ロッジに躍り込んだ。

広いサロンには、人の姿はない。階下には誰もいなかった。

二階に上がると、杉浦が閉ざされたドアの前に立っていた。ナイフを握っている。

目が合うと、杉浦は黙って左手でドアを指さした。部屋に佃義夫が潜んでいるらしい。

多門の巨体から、湯気が立ち昇っていた。もう寒くはなかった。

ドアの横にへばりつき、多門は大声を張り上げた。

「佃、出てきやがれっ」

「うるさい！」

佃の語尾に、重くくぐもった銃声が重なった。

ドアが穿(うが)たれた。杉浦が悲鳴をあげて、廊下に尻餅をついた。顔に血の気がなかったが、無傷だった。

「杉さん、どいててくれ」

多門はドアをプロテクターのような肩でぶち破り、すぐ伏射(プローン・ポジション)の姿勢をとった。

佃がベッドのそばに立っている。コルト・パイソンを両手で支えていた。すでに撃鉄は起こされている。硝煙の臭いが鼻を衝く。

多門は一瞬早く、マグナム弾を浴びせた。

佃が下腹を押さえて、壁まで吹き飛んだ。コルト・パイソンが落下する。

多門は起き上がりざまに、ベッドの脚を掴んだ。ベッドを高々と持ち上げて、それを佃の体の上に投げつけた。

佃はベッドの下敷きになって、重い呻きを洩らしはじめた。猛獣めいた声だった。

多門は逆さまになったベッドに銃口を押しつけ、立てつづけに二度撃った。

そのたびに、佃がベッドの下で跳ねた。マットの射入孔は焦げていた。

多門はベッドを払いのけた。

佃の腹部と両脚は、血みどろだった。銃創から、腸が食み出している。佃は仰向けになったまま、それを両手で腹の中に押し戻そうとしていた。手は血糊でぬめっている。

「てめえが筧亜衣子を殺ったのかっ」

「そ、それは違う！　絶対に殺っちゃいない。本当なんだ」

佃が恐怖に顔面を歪ませながら、声をふり絞った。明らかに哀願口調だった。

「亜衣子は〈十〉って書き残してたんだっ。十ってのは、十全セキュリティー・サービスのことだろうが！」

「それは言いがかりだ。その女の事件には関与してない」

「鬼塚は、てめえが曾根崎組の誰かに殺らせたんだなっ」

「…………」

肯定の沈黙だろう。

「鬼塚の仕業に見せかけやがって！」

「仕方がなかったんだ」

「綾子を殺ったのは誰なんだっ」

「直接、手を下したのはカルロスだよ」

「寛亜衣子は？」

「それは言えない」

佃が苦悩に満ちた顔で呟いた。

多門は屈み込んで、床に転がったコルト・パイソンを拾い上げた。

「てめえは誰かを庇ってやがるな。そいつが黒幕ってわけか」

「す、すべて、このわたしが仕切って……」

「そうかな」

多門はM29の残弾を佃の腕の付け根に撃ち込んだ。左の肩から、腕が千切れ飛んだ。

血と肉の塊が四方に散った。血煙が天井を濡らす。佃が転げ回りはじめた。

「悪党の腐った血は臭えな」

多門はM29を投げ捨て、コルト・パイソンを右手に持ち替えた。まだ五発残っていた。

「クマ、それぐらいにしておけや」

背後で、杉浦の声がした。多門は前を向いたまま、大声で頼んだ。

「杉さん、チコたち五人をここに連れてきてくれねえか」

「わかった。美帆って女は、どうする？」

「一緒に連れてきてよ」

「どこまで女に甘え男なんだ」

杉浦が言った。声に棘は含まれていなかった。呆れ果て、怒る気にもなれないのだろう。

杉浦の足音が遠ざかる。

「てめえのバックにゃ、誰がいるんだっ」

多門は佃を睨めつけた。

佃は弱々しく呻くだけで、答えようとしない。上半身は鮮血に染まっていた。半ば意識が薄れているようだ。上瞼も下がりかけている。

多門は屈み込み、佃の眉間に銃口を押し当てた。

「そいつの名前を言え！」

「こ、殺さないでくれ」

佃がか細い声で哀願して瞼を押し開けた。次の瞬間、ひっ、と声を発した。

そのまま佃は動かなくなった。ショック死したようだ。見開かれた瞳が虚空を睨んでいる。

ツイてない。多門は肩を竦めた。

外で女たちの騒ぐ声が聞こえたのは、その直後だった。多門はリボルバーを握ったまま、窓辺に駆け寄った。窓ガラスを開け放つ。

すぐ眼下に、パンティー一枚の美帆が立っていた。

道のほぼ中央だった。美帆は両腕を水平にし、こころもち脚を開いている。志穂たち四人が懸命に美帆をロッジの中に引っ張り込もうとしていた。

杉浦とチコの姿は見えない。

不意に地鳴りが響いてきた。四人の彼女が驚愕し、我先にロッジの中に逃げ込んだ。だが、美帆は動かない。通せんぼをするような恰好で、突っ立っている。

路上に転がっている組員たちの死体を見て、彼女は精神のバランスを失ってしまったのだろうか。

「おい、逃げろ！　逃げるんだっ」

多門は叫んだ。

美帆は、なんの反応も示さなかった。ポーチの庇の下から、杉浦とチコが飛び出した。

しかし、二人とも美帆には近づけなかった。すぐそばまで、蹄の音が迫っていたからだ。

馬の群団が多門の視界に入った。大暴走した馬群が引き返してきたのである。予想もしていなかった。もはや手の打ちようがない。

志穂たち四人が泣き声に近い悲鳴をあげた。

美帆の裸身が、馬体の群れの中に紛れて見えなくなった。

数秒後、白い塊が毬のように宙に高く舞い上がった。それはゆっくりと落下し、ふたたび高く撥ねた。組員たちの骸も乱舞した。

三十頭ほどの馬がなだれを打ちながら、風のように駆け抜けていった。

ほんの一瞬の出来事だった。土埃の立ち込める道には、新たな死体が残った。俯せの裸体は、オブジェのように動かない。

多門はコルト・パイソンを投げ捨て、血の臭いの漂う寝室を出た。四人の彼女をひとりずつ、背骨が折れるほど強く抱きしめてやるつもりだ。

多門は階段を駆け降りた。

遺影は笑っていた。

それが悲しみを誘った。多門は軽く瞼を閉じ、亜衣子の遺骨に合掌した。ＪＲ赤羽駅の近くにある亜衣子の実家だ。志穂たち五人を救出した翌々日の午後である。

多門は、素通しガラスの入ったボストン型の眼鏡をかけていた。亜衣子の遺族が、浜松中央署で容疑者の面通しをしている可能性があったからだ。

しかし、それは考えすぎだったらしい。遺族は怪しむこともなく、家の中に入れてくれた。

鬼塚殺しは認めたものの、佃は亜衣子殺害に関しては強く否認した。一連の絵図を画いたのが誰なのか、佃は最後まで口を割ろうとしなかった。

黒幕を探り出す手掛かりはなくなってしまった。

ただひとつ、妙に引っ掛かる事実が杉浦から伝えられていた。

亜衣子は、東日本女子大文学部心理学科を卒業したそうだ。しかも卒業年度は、美人画商の真理加と同じだという。

別に、どうということのない偶然かもしれない。

しかし、多門はそのことが気になって仕方なかった。そんな理由で、この家を訪ねたわけだ。多門は、故人の昔の恋人になりすました。わざわざ黒っぽいスーツを着てきたのは、もっともらしさを印象づけるためだった。

多門は合掌を解き、かたわらにいる亜衣子の母親に軽く頭を下げた。

彼女が畳に両手をついて、深々とおじぎをした。髪に白いものが目立つ。五十代の半ばに見えた。顔立ちは、亜衣子とはあまり似ていない。亜衣子は父親似なのだろう。

「突然お邪魔して、ご迷惑だったと思います」

「いいえ。亜衣子も喜んでいると思いますよ。あのう、失礼ですが、亜衣子とはどのくらいの……」

「一年足らずの短いつき合いでした」

「それは、いつごろのことなんでしょう？」

「まだ亜衣子さんが法律事務所で秘書をされていたころなんです」

「そうですか。どうぞお楽になさって」

亜衣子の母親が言った。

多門は目礼してから、胡坐をかいた。正坐は苦手だった。

座卓の上には茶が用意されていた。

多門は緑茶をふた口ほど啜(すす)り、すぐに言葉を発した。

「いまごろ、こんなことを言っても仕方ないのですが、亜衣子さんと別れてしまったことを悔やんでいます」

「まだ二十八だというのに、こんな死に方をしてしまって。わたしの育て方に問題があったんでしょうかね」

亜衣子の母親は自問するように呟(つぶや)き、急にうつむいた。新たな悲しみに胸を衝(つ)かれたようだ。

「ご迷惑でなかったら、亜衣子さんのアルバムを見せてもらえませんか」

「アルバムですか？」

相手が怪訝(けげん)な顔を上げた。

「彼女の思い出を頭に灼(や)きつけておきたいんですよ。実は、亜衣子さんの写真を一枚も持ってないんです」

「そうなんですか。それじゃ、少々お待ちください」

故人の母親はそう言い、十畳の和室から出ていった。

多門は煙草に火を点(つ)けた。

数分後、亜衣子の母が部屋に戻ってきた。三冊のアルバムを抱えている。多門は短くなったロングピースの火を消して、アルバムを眺めはじめた。

一冊目は、成人になるまでのスナップ写真で埋められていた。

女子大生時代の写真は、二冊目にまとめられていた。旅行先で撮ったものが大半だった。複数で写っているものが多い。そのうちの約半数が若い男と一緒だった。

二冊目の最後のページを繰った。思わず多門は溜息をついた。悪い予感が的中してしまった。

一枚の写真の中に、殺された亜衣子と佐伯真理加が収まっていたからだ。半ば予想していたことだったが、衝撃は大きかった。

「その写真は、大学のときのクラブの合宿で諏訪湖かどこかに出かけたときのものです」

亜衣子の母が明かした。

「なんのクラブに入ってたんでしたっけ？」

「映画研究会です」

「ああ、そうでしたよね」

多門は話を合わせた。

「それは、確か三、四年生だけの旅行だったと思います」

「この女性、どこかで見た顔だな。ご存じありませんか？」

多門は真理加の顔を指さした。

亜衣子の母が黙って首を振る。多門は、三冊目のアルバムを捲りはじめた。それには、社会人になった亜衣子の写真が貼られていた。

中ほどの見開きページが、そっくり空いていた。後のページには、きちんと写真が貼ってある。見開きページには、死んだ石沢という弁護士の写真が貼ってあったのではないか。

亜衣子は酔った晩、石沢の世話になっていると口を滑らせた。それから、彼女は石沢との関係が壊れかけているとも洩らした。

「写真を見ると、辛くなってきますね」

「ええ。ですので、家の者は誰も亜衣子のアルバムを見ようとしないんですよ」

「そうでしょうね。ずいぶん無神経なお願いをしてしまったな。勘弁してください」

多門は謝って、三冊のアルバムを座卓の下に隠した。

亜衣子の母が唐突に言った。

「あなた、娘を殺した犯人をご自分で捜すつもりなんではありませんか？」

「ええっ」

多門は、心臓が引っくり返りそうになった。腋の下に汗が湧いた。

ややあって、亜衣子の母親が意を決したように告げた。

「実はわたし、浜松に行ったんですよ。警察署のマジックミラー越しに、あなたのお顔を拝見したの」

「………」

多門は何も言えなかった。眼鏡を外して、上着の内ポケットに入れる。

「ごめんなさいね。ずいぶん人が悪いと思ったでしょ？」

「そうは思いませんでしたが、びっくりしました」

「わたし、あなたをマジックミラー越しに見たとき、直感的に〝この男は犯人じゃない〟と思ったの」

亜衣子の母が言った。

多門は胸を撫で下ろした。警察に通報されていたら、亜衣子の母を楯にしなければならなかっただろう。たとえ大年増でも、女性は女性だ。乱暴なことはしたくない。

「亜衣子は誰かの秘密を知ってしまったんで、殺されたのかもしれません」

「何か思い当たるようなことがあるんですか？」

「ええ、ちょっと」

「教えていただけませんか。自分は、濡衣を着せられたんです。ですから、どうしても真犯人を見つけたいんですよ」

「事件には関係がないのかもしれませんけど、四、五カ月前から娘の様子がおかしかったんです」

「どんなふうにです？」

「めったに実家に寄りつかなかった子が、ちょくちょく泊まりにくるようになったんですよ」

「娘さん。何かに怯えてるようでした？」

「ええ、そう見えましたね。それから少し経ったころ、娘は、駅のホームから誰かに突き落とされたんですよ」

「日記は？」

「つけていなかったわ。SNSにも何も投稿してませんでした。先々週、東松原のアパートを引き払ったんですけど、別に手掛かりになるようなものは何もありませんでしたね」

「そうですか」

「ただ、娘が妙なことを言ったことがあるの。わたしに『母さん、人間の声は人工的に変えられないわよね』なんて訊いてきたんです」

「どういう意味なんだろうか」

多門は腕を組んだ。

「わたし、変なことを言うなと思いました。それで、おかしなことを訊くのねって笑ったら、娘は『ホテルのラウンジバーで、死んだ人の声を聞いたのよ』なんて言ったんですよ。あれは多分、冗談だったんだと思いますけどね」

「死者の声を、ですか」

「あっ、そのときに亜衣子は『人間の癖って、なかなか治らないって言うわよね』とも言いました」

「声と癖か。ここ何年かで、亜衣子さんの知り合いで亡くなった方は？」

「一年半ほど前に、弁護士の石沢先生が長野県で自殺をされていますけど」

「そういえば、そんなことがあったな。実は自分、石沢法律事務所のことは少し知ってるんですよ」

「あなたが、なぜ？」

「保険会社の調査員をやってたんですよ、一年ぐらい前まで」

多門は作り話を口にした。

「そうだったの。亜衣子は、先生ご夫婦にはとてもよくしてもらってたんですよ。お給料、びっくりするほどたくさんいただいてたの」

亜衣子の母が言った。

故人の母親は、自分の娘が石沢の愛人だったということを知らないようだ。

「奥さんに買っていただいたんだとか言って、よく洋服や靴なんか見せてくれたわ」

「自分、石沢氏の奥さんには会ったことがないんですよ」

「あら、そうなの。とっても品のある方だったわ。東都医科大学病院の副院長のご長女で、美人でしたしね」

「それは知らなかったな。石沢氏は東京地検特捜部に逮捕されるまで、高輪(たかなわ)の超高級マンションに住んでましたが、奥さんや娘さんたちは、まだあそこにいるんでしょうか」

「あら、ご存じないのね。先生の奥さんと小学五年だったお嬢さんは、もう亡くなられてますよ」

亜衣子の母が言った。

「えっ、それはいつですか？」

「先生が逮捕されてから、五日目か六日目だったと思うわ。奥さんが娘さんを睡眠薬で眠らせた後、乗っていた車の中に排ガスを引き込んで、無理心中したんですよ」

「新聞には載(の)ってなかったような気がしますが……」

「ええ、確かに全国紙にはね。わたしは、亜衣子の同僚だった方から教えていただいたの。石沢先生は、奥さんたちの心中現場の近くで後追い自殺なさったんですよ」

「そうだったのか」

多門は、悪徳弁護士の妻子に対して何か後ろめたいような心持ちになった。自分が石沢を告発しなければ、彼の妻子は死を選ぶことはなかっただろう。

「石沢先生は自分の不始末のことで家族を死に追い込んだと思って、自殺されたのでしょうね。先生は野心家だったようですけど、奥さんや娘さんはとても大事にされてたみたいですから」

故人の母親がそう言って、急須に手を伸ばした。

亜衣子が聞いた声の主が焼身自殺したはずの石沢だったと考えれば、すっきりする。

しかし、リアリティーのない推測だろう。そう考えながらも、その疑念はなかなか頭から離れなかった。

多門は、冷(さ)めかけた茶を飲み干した。

すかさず亜衣子の母が熱い茶を淹(い)れてくれる。

「石沢氏の奥さんの実家は、どこにあるのかわかります？」

「確か世田谷区の上野毛(かみのげ)にあるはずよ。旧姓は青井だったと思います」

「青井ですか!?」

多門は驚きの声を洩らした。

「いや、何でもありません。石沢氏の死んだ奥さんにご姉妹は？」

「妹さんがいるはずです。名前まではわからないけど、亡くなった怜子夫人よりも三つか四つ下で、青山の画廊主と結婚されたんじゃなかったかしら？」

故人の母親が言って、口を結んだ。

真理加が石沢の義理の妹だったとは予想外だった。

多門は辞去する気になって、のっそりと立ち上がった。亜衣子の母親に挨拶して、玄関に向かう。

多門は考えごとをしていて、玄関の鴨居に額をぶつけてしまった。派手な音がしたが、それほど痛みは感じなかった。

多門は踏み石をたどって、間もなく表に出た。

夕闇が漂いはじめていた。四時半過ぎだった。車は駅の近くに駐めてあった。

左右の商店を眺めながら、数分進んだころだった。

多門の視界の端に、亜衣子のダイイング・メッセージである〈十〉が映った。古めかしい洋服仕立て屋の前を通過しかけたときだ。

多門は数メートル引き返し、仕立て屋のガラス扉を見た。〈テーラー青島〉という店名の金文字の一部が剝げ落ちていた。

〝青〟という漢字は、二画分の〝十〟だけが残っていた。

そうか！　もしかしたら……。多門は頭の芯が熱くなった。

亜衣子の遺した血文字の〈十〉は〝じゅう〟や〝プラス〟ではなく、青という字の一部だったとも考えられなくはない。真理加の旧姓は青井だ。

黒幕は真理加だったのか。

まさか、そんなことはないだろう。女性ひとりではできない犯行である。たとえ事件に関わっていたとしても、主犯ではないはずだ。

黒幕は別にいて、真理加は利用されただけなのではないか。そう思いたい。

なんだか石沢が怪しくなってきた。彼は生きているのではないか。真理加は、こちらの動きを探るためのスパイ役を押しつけられたのかもしれない。一連の犯行は石沢の仕業なのか。

疑いが深まったそのときだった。店のドアが細く開き、七十歳近い小柄な男が愛想笑いをした。

「お値段のほうは、せいぜい勉強させていただきますよ」

「それどころじゃないんだよ」

多門は相手に背を向けた。

4

枝折戸（しおりど）は開いていた。

多門は、屋敷に足を踏み入れた。石沢由隆の生家だ。多門は地元紙の東京支社で縮刷版を見て、石沢の実家の所在地を調べたのである。

頭の隅に、真理加のことが引っ掛かっていた。きのうの夕方、ぎこちない別れ方をしたせいだろう。コーヒーを飲んだだけで、多門は『ギャラリー佐伯』を出た。真理加と長いこと向き合っていたら、残酷な質問をしていたかもしれない。

多門は歩（ほ）を進めた。

広い庭は、落葉や病葉（わくらば）で埋まっていた。古びた大きな家屋は雨戸で閉ざされている。人の住んでいる気配は伝わってこない。

静かだった。この家は、しなの鉄道の屋代（やしろ）駅から徒歩で十数分の所にあった。

まだ正午にはなっていない。

多門は裏庭に回った。と、そこに四十一、二歳の男の姿があった。男は池の畔（ほとり）に立ち、鯉に千切った食パンを与えていた。

多門に気づくと、男は息を呑んだ。レスラー並の多門の巨体に驚いたのだろう。

男はセーターの上に、ウールのブルゾンを羽織っていた。

「失礼ですが、石沢由隆さんの身内の方でしょうか？」

多門は男に問いかけた。

「いいえ、友人なんです。あなたは？」

「昔、石沢氏に世話になった者です。石沢法律事務所で調査の仕事をしてたんですよ」

「そうですか。わたし、原といいます。石沢とは、小・中・高と学校が一緒でした」

「この家には、誰も住んでないのかな？」

「ええ。それで、わたしたち石沢の友人が何人か交代で、この家の掃除や鯉の餌やりを時々やってるんですよ」

「それは大変だな。石沢氏が焼身自殺されたという場所は、ここから遠いんですか？」

「いや、すぐ裏手の山の中ですよ。少し歩けば、その場所に達します。ご案内しましょうか」

原と名乗った男は手のパン屑を払い落とすと、先に歩きだした。

多門は後に従った。屋敷を出て百メートルほど歩くと、家並が途切れた。

その先は林道だった。道幅は、あまり広くない。大型乗用車がなんとか通り抜けられる程度だ。左右は雑木林だった。

道は次第に登り坂になった。

冬枯れの山は、どことなく侘しかった。草木は枯れ果て、色褪せている。

六分近く林道を登ると、急に道幅が広くなった。そのあたりだけ、平坦地になっていた。

道は、そこで行き止まりだった。

原が足を止めた。

そこには、枯れた下生えが拡がっていた。樹木はなかった。

「石沢は、ここで灯油を被って自分の体に火を点けたんですよ。ばかな奴だ」

原が小声で言って、サンダルの先で枯れ草を蹴った。

多門は煙草に火を点け、それを線香代わりに土の中に突き立てた。ついでに合掌する。

「奥さんと娘さんが亡くなられたのは、どのあたりなんだろうか」

「すぐそこです」

原が目の前を指さした。

「あの石沢氏が自殺したなんて、いまも信じられません。自死の理由がわからないな」

多門は、ことさら首を傾げて見せた。誘い水だった。

「われわれも最初は、とても信じられませんでしたよ。しかし、石沢の炭化した焼死体のそばには、彼直筆の遺書があったんです。それから、ネーム入りのコートや背広も、そこの櫟の枝に引っ掛けてありました」

「警察は、すんなり自殺と断定したのだろうか」

「ええ。現場の状況や遺書なんかから、すぐに自殺と断定したようですよ。ただ、あるベテラン刑事が自殺と他殺の両面捜査をすべきだと主張してたそうですがね」

「他殺の疑いがあったんですか？」

「いや、それはちょっと考えられないでしょう。遺書の文字に乱れはなかったですし、内容も本人じゃなければ書けないような事柄でしたので」

原が言って、ハイライトをくわえた。冬の柔らかい陽射しが彼の顔に当たっていた。

「しかし、そのベテラン刑事は他殺の線でも捜査すべきだと主張してたんですよね。なぜなんだろう？」

「それは、焼死体の腹部があまり焼け焦げてなかったからなんでしょう。その下の草も、ほとんど焦げてなかったそうです」

「ということは、石沢氏は腹這いになってから、灯油を被ったのか」

「ええ、ベテラン刑事はそれが不自然だというんです。それに、指輪が発見されなかったんですよ」

「指輪？」

「石沢は結婚してから、ずっとプラチナの指輪を左手の薬指に嵌めてたんです」

「そう言えば、そうでしたね」

多門は話を合わせた。悪徳弁護士が指輪をしていたかどうかは、よく憶えていなかった。

「その指輪もなかったので、そんな話になったらしいんです。でも、事件当日、石沢は国道一八号線沿いのガソリンスタンドで灯油を買ってるんですよ。スタンドの従業員が、はっきりと石沢のことを憶えてたんです」

「なるほど、それで……」

多門はうなずいて見せたが、石沢が腹這いの状態で死んでいたことに納得できないものを感じはじめていた。

原が短くなった煙草を足許に落とし、サンダルの底で神経質に踏み潰した。多門も、燃えくすぶっているロングピースのフィルターを靴で踏みつけた。

「現場に転がってたポリタンクの把手には、石沢の指紋や掌紋がたくさん付着してたそうです。それだから、警察は自殺と断定したようですよ」

「このあたりの所轄署は？」

「千曲警察署です。屋代駅と長野電鉄の東屋代駅跡のほぼ中間にあります」

「ベテラン刑事さんの名前、わかります？」

「竹尾徹平という人です。警察に行かれるんですか？」

「ええ。その竹尾という方に会ってみようと思うんです。やっぱり、石沢氏が自分で死を選んだとは思えないんですよ」

「自殺だと思いますがね」

原は憮然とした表情だった。

多門は礼を言って、先に林道を下った。二十分ほど歩くと、表通りにぶつかった。

歩きながら、目でタクシーを捜す。

あいにく流しのタクシーは見つからなかった。煙草を買ったついでに、店の者に無線タクシーを呼んでもらう。その車で、多門は地元署に向かった。

十数分の道程だった。

タクシーを待たせて、署内に入る。多門は週刊誌の取材記者を装って、竹尾徹平との面会を求めた。

竹尾は二カ月前に定年退職していた。応対に現われた若い制服警官は、親切にも竹尾の自宅を教えてくれた。ありがたかった。

竹尾は、千曲市と上田市に挟まれた埴科郡坂城町に住んでいるらしかった。

多門は、タクシーを竹尾の自宅に向かわせた。二十五、六分走ると、目的の家が見つかった。新興住宅と古い家屋が入り混じった地区だった。ところどころに畑が見える。竹尾の家は、ごくありふれた二階建てだった。

インターフォンを鳴らすと、五十代後半に見える女性が現われた。

竹尾の妻だろう。多門は偽名刺を差し出し、来意を手短に告げた。名刺には、大手出版社から発行されている硬派の週刊誌名が刷り込んであった。むろん、姓名はでたらめだ。

女性がいったん奥に引っ込み、すぐに戻ってきた。

多門は、茶の間らしい八畳間に通された。

碁盤に向かっている胡麻塩頭の痩せた男が竹尾徹平だった。いかにも頑固そうな面相だ。

「突然、お邪魔して申し訳ありません」

多門は自己紹介した。

「かまわんよ。ちょうど退屈しとったところだったんだ。それにしても、大きな方だね。あんたも、石沢由隆の焼身自殺に疑問を持っとられるとか？」

「ええ。それで、竹尾さんにいろいろお話をうかがいたいと思いましてね」

「まあ、お坐りなさい」

竹尾は座卓を手で示した。多門は目礼し、腰を落とした。

「石沢由隆は、自分では命を絶ってないよ。わたしは、いまでもそう確信しとる」

竹尾が言い切った。

「失礼ですが、その根拠は？」

「発見された焼死体は俯せだったんだよ。死体の周辺の雑草は焼け焦げてたのに、腹の下の地面も草もほとんど焼けてなかった」

「つまり、寝そべった状態で火を放ったということですね」

「そう。そんなことをするだろうか？　ふつう焼身自殺をする場合、立ったままか、あるいは坐った状態で灯油を被って火を点けると思う」

「ええ、そうでしょうね」

「炎が全身を包んだら、当然、体は立っていられなくなるよね」

「はい、倒れて転げ回ると思います」

「ところが、腹の下の雑草はほとんど焦げていなかった。鑑識係が撮影した現場の写真を何枚も見たし、現場でそのことを確認もしたんだよ」

「石沢氏は何者かに殺害された後、火を放たれたんですかね？」

多門は訊いた。

「いや、そうじゃないな。焼け縮んだ気管と気管支の中に、煤煙(ばいえん)が吸い込まれてたんだ。ほんの少量だったがな」

「要するに、石沢氏は何らかの方法で気絶させられ、灯油をぶっかけられて焼き殺されたということですか？」

「そうだろうね。大学の法医学教室で司法解剖してもらったんだが、生きているうちに煤煙を吸ってることは間違いなかったんだ」

「それじゃ、死因は火傷(やけど)によるショック死だったのか」

「そうだと思うね。おそらく石沢は、火を点けられて間もなく絶命したんだろう」

竹尾がそう言って、フィルターの近くまで灰になった煙草を灰皿の中に投げ込んだ。

そのとき、さきほどの女性が茶を運んできた。竹尾の妻らしき女性は、すぐに部屋から出ていった。

「死んだのは本当に石沢氏だったんでしょうか？」

多門は本題に入った。

「それは間違いないだろう。ＤＮＡ鑑定こそされなかったが、血液型も当人と同じだったし、石沢が灯油を買ったことをガソリンスタンドの従業員が証言してるから。ポリタンクからも指紋と掌紋が出てる」

「ちょっと待ってください。竹尾さんは、石沢氏が誰かに焼き殺されたとお考えなんでしょ？」

「そうだが……」

「それなのに、なんで石沢氏が自分で灯油を買うんです？」

「なるほど、説明不足だったな。わたしは、石沢が誰かを焼き殺そうとして、逆に相手に殺られたんじゃないかと思っとるんだよ」

「それなら、筋は通ってますね。いや、まだ合点がいかないな」

「どこがおかしい？」

「遺書ですよ、遺書！　仮に石沢氏が誰かに殺されたとしても、犯人が故人の遺書まで用意できます？」

「おそらく犯人は刃物か何かで石沢を脅して、無理に遺書を認めさせたんだろう」

竹尾がそう言い、考える顔つきになった。

「逆なんじゃありませんかね。石沢氏が焼身自殺に見せかけて、どこかの誰かを焼き殺した」

「言われてみれば、そういう推測も成り立つか」

「自分は、そう推測したんですよ」

「焼死体に歯の治療痕や骨折の痕があれば、死者が誰なのか、はっきりするんだがな。あいにく石沢は虫歯が一本もなく、骨折したこともなかったんだよ」

「そうですか」

「実はね、あんたと同じ推測をした新聞記者がいるんだ。『信濃日報』という地方紙の上田支局の記者なんだが、その男は石沢と高校が一緒だったんだよ。確か石沢の一級下だったはずだよ。会ってみるかね？」

「ぜひ会いたいな。紹介していただけますか。お願いします」

多門は頼み込んだ。

竹尾は快諾して、その場で『信濃日報』の上田支局に電話をかけた。五、六分話し込み、受話器を置いた。

「支局に来てもらえば、いつでも会うと言ってる。堀切創という男だよ。支局といっても、彼だけしかいないんだ。遠慮はいらんだろう」

「ありがとうございました。これから、すぐに行ってみます」

多門は腰を浮かせた。

呼んでもらった無線タクシーで、上田市に向かう。

『信濃日報』上田支局は、上田市役所の並びにある雑居ビルの二階にあった。あまり広い支局ではなかった。

堀切は髭面で、磊落な印象を与える男だった。背広ではなく、バルキーセーターを着ていた。下は厚手のチノクロスパンツだった。

名刺交換が済むと、二人は応接ソファに腰かけた。

多門は真っ先に訊いた。

「石沢由隆氏が偽装自殺したと思われるのは、なぜなんです？」

「ただの勘ですよ」

「それだけじゃないんでしょ？」

「残念ながら、本当に単なる勘なんです。新聞記者が勘で物を言ってはいけないんでしょうが、石沢はどこかで生きてる気がしますよ」

「石沢氏は、そんなに悪知恵が回る人間だったんですか？」

「その通りです」

堀切が吐き捨てるように言い、すぐに言葉を重ねた。

「石沢は保身のためなら、どんな汚いことでもやる男です」

「何か恨みがあるような口ぶりだな」

「高校のとき、生徒会の活動でぼくは石沢に裏切られてるんですよ」

「何があったんです？」

「あの男が制服制帽の廃止運動を起こしておきながら、学校当局に睨まれると、下級生のぼくらを煽動者だと言いつづけて、自分はいい子になりすましたんです」

「卑怯だな」

「きっと石沢は偽名を使って、どこかでぬくぬくと生きてる。その気になれば、他人になりすますこともできますんでね」

「家出人の中には、金に困って自分の戸籍謄本や抄本を売る奴もいるみたいだな」

多門は現に闇で他人の戸籍を手に入れた前科者や極左の元活動家などがいることを知っていた。

「多分、石沢は変装してるでしょうね。眼鏡をかけるとか、長髪にしてるとか……」

堀切が言った。

「その程度のことで、逃亡生活をつづけられるだろうか。もしかしたら、美容外科手術で顔そのものを変えてるのかもしれないな」

「それ、考えられますね。しかし、ふつうの美容外科クリニックなんかには行けないだろうなあ」

「可能なのは闇手術だな」

多門はチコのことを思い出しながら、小声で言った。

「腕のいい美容外科医なら、顔の造作も大きく変えられるでしょう?」

「だろうね。しかし、よっぽど親しい者でなけりゃ、闇の美容外科手術なんか請け負わないんじゃないかな」

「いましたよ、高校の先輩に美容外科医が!」

堀切が叫ぶように言った。

「そのドクターは、石沢氏と同級生だったんですか?」

「いいえ、彼より五、六年先輩です。しかし、同じ高校の同窓生ですから、どこかで接触があったと考えてもいいと思うんですよ」

「その医者は開業医なのかな?」

「いいえ、東都医大の美容外科部長だったんですよ。しかし、もう一年半ほど前に死にました。帰宅途中に何者かに牛刀で胸を刺されて殺されたんですよ。まだ犯人は逮捕されてないはずです」

「それだ!」

多門は指を打ち鳴らした。

「美容外科医だった先輩が、石沢氏の顔を闇手術で変えてやったと……」

「多分そうなんでしょう。そして、石沢は自分の秘密を握られた美容外科医を消したんじゃないのかな？」

「なるほど、考えられないことではないですね」

「そのドクターの名前、わかります？」

「別所達哉(べっしょたつや)ですよ。住まいは同窓会名簿を見れば、わかるでしょう。ちょっとお待ちになってください」

「いや、結構です」

「そうですか」

「石沢氏が顔を変えてるとすれば、すぐには見分けがつかないだろうなあ」

「でしょうね。しかし、人間には変えることのできないこともあります。ですから、完全に別人になりすますのは案外、難しいんじゃないかな」

堀切が言って、宙の一点を見据えた。何かの記憶を手繰(たぐ)っているようだ。やがて、彼は急に大声をあげた。

「そうだ、癖は変わらないでしょう。石沢は、よく耳朶(みみたぶ)をいじっていました。高校時代、あんまり触(さわ)りすぎると耳が取れてしまうぞとからかった憶えがあります」

「耳朶をいじる癖があったんですか!?」

多門の胸中を、ひとりの男の顔が鳥影(ちょうえい)のように過(よ)ぎった。

いつか城ケ島の沖合で見た男の頭の中の傷痕は、美容外科手術のメスの痕ではないのか。

堀切が多門の顔を覗き込んだ。

「どうされました？」

「いや、何でもありません。参考になる話をありがとうございました。これから東京に戻って、石沢氏生存説の裏付けを取ります」

多門は勢いよく立ち上がった。

5

情事の気配が生々(なまなま)しく伝わってきた。

多門は、ＦＭ受信機の音量を絞り込んだ。

胸のどこかが痛かった。多門はカローラの運転席で、耳栓型のレシーバーを耳に宛(あて)がっていた。信州に出かけた日から、四日が経っていた。深夜だった。

車は、真理加の住むマンションの裏通りに駐めてあった。

盗聴中だった。パワーウインドーのシールドは半分近く開けてある。密閉状態だと、どうしても耳障りな雑音が混じってしまう。一定の受信能力を保つには、真冬の冷え込みに耐えなければならなかった。

真理加の寝室に超小型の盗聴マイクを仕掛けたのは、きのうの晩だった。

美人画商がシャワーを浴びている隙に、多門はベッドのヘッドボードの裏にマイクを粘着テープで貼りつけたのだ。マイクは、成人女性の小指の先ほどの大きさだった。

アメリカのビジネス・エグゼクティブたちがよく使っている代物だ。

ドイツ製で、きわめて性能が高い。半径五百メートル以内の物音は鮮明に拾ってくれる。受信機の周波数がきちんと合っていれば、人間の呼吸音さえ捉えることができる。

ＩＣレコーダーは順調に回っていた。

大きさはマッチ箱よりも小さい。それでいて、最長五百時間の録音が可能だ。

不破雄介の灰色のベンツが、マンションの地下駐車場に消えたのは三十分ほど前だった。

彼と真理加はろくに話もしないで、ベッドに縺れ込んだのだろう。いまも二人は、ほとんど言葉を交わしていない。

どちらも、ひたすら快楽を貪っている。

まだ二人は体を繋ぎ合っていない。性器に口唇愛撫を施し合っていた。淫猥な音が、絶え間なく流れてくる。

多門は、自分が真理加を抱いているような錯覚に捉われた。慌てて煙草をくわえる。火を点けたとき、真理加が不破の昂まりを迎え入れる気配がした。

正常位のようだった。女好きの多門には、ベッドの軋みや肌のぶつかり合う音で、だいたい体位がわかる。真理加の痴態が目に浮かんだ。

不破も役者だ。それとも、自分が抜けすぎていたのか。

多門はそう考えながら、紫煙をくゆらせはじめた。

真理加は最初の極みに達した。

その矢先だった。不破が短く呻いた。どうやら果てたようだ。多門は煙草の火を消した。

ややあって、真理加の声が流れてきた。

「まだ体が震えてるわ」

「ほんとだね。真理加は感度がいいからな」

「あなたが開発してくれたからよ」

「あの大男はどうなのかな、セックスのほうは？」

「いやな人！　彼に近づけって言ったのは、あなたでしょ」

「きみが奴と寝たからって、別に嫉妬してるわけじゃないよ。あれだけの巨体だから、やることもダイナミックなんじゃないかと少し好奇心を……」

「やめてちょうだい、由隆さん！」

真理加が、ベッドの相手を詰った。

やはり、そうだったか。多門は、にんまりした。

これで、不破雄介と石沢由隆が同一人物であることがはっきりした。石沢は焼身自殺を偽装し、顔かたちを変えて不破になりすましたのだろう。

不破雄介なる人物が、この世に実在するのかどうかはわからない。この際、そのことはどうでもよかった。一連の事件の首謀者が元悪徳弁護士とわかっただけで、もう充分だ。石沢由隆の義理の妹である美人画商が、彼の愛人だったことも明らかになった。

一連の事件を操ってきた黒幕は、石沢に間違いないだろう。

筧亜衣子を刺殺したのは、ダイイング・メッセージが示した通りに真理加だったと思われる。だが、その動機が謎だった。なぜ、真理加は自分の手を汚したのだろうか。

石沢はたまたまホテルのラウンジバーに居合わせた亜衣子に自分の〝声〟を聞かれ、耳朶をいじる癖も見られてしまった。そのことで偽装自殺を彼女に看破されたと思い込み、殺害する気になったのではないか。

真理加は愛する男のため、代理殺人を引き受けたのか。それとも、亜衣子と真理加の間に何か確執があったのか。そんなことは、もうどうでもいい。冷血な人間を自分の流儀で裁くだけだ。

多門はレシーバーを外しかけた。

そのとき、真理加の声が響いてきた。

「由隆さん、ゆっくりできるんでしょ？」

「そうもしてられないんだよ。シャワーを浴びたら、白金に戻る」

石沢由隆が答えた。

多門は左目を眇め、ＩＣレコーダーのスイッチを切った。レシーバーを外し、ＦＭ受信機と一緒に助手席に置く。

パワーウインドーのシールドを閉め、時間を遣り過ごす。石沢を裁く前に、真理加に別れの挨拶をする気になったのである。真理加は自分を利用した美女だが、馨しい思い出も与えてくれた。それなりの礼は尽くすべきだろう。

多門は十五分ほど待った。いつしか午前零時を過ぎていた。

そろそろ石沢が帰るころではないか。多門はカローラを発進させ、マンションの表玄関の方に回り込んだ。

マンションの斜め前の街路樹の陰に車を駐め、そのまま待った。

数分が過ぎたころ、マンションの地下駐車場から灰色のベンツが滑り出てきた。

ステアリングを握っているのは、かつて悪徳弁護士とマスコミで叩かれた男だった。ベンツは、間もなく走り去った。

多門は煙草に火を点けた。

怪しい人影は見当たらない。くわえ煙草で、車を降りる。たっぷりとした黒いウールコートの下には、レコーダー付きのＦＭ受信機を抱えていた。

大股で、マンションの玄関に入る。

管理人室に人影は見えなかったが、勝手には建物の中に入れない。オートロック・システムになっていた。

多門は集合インターフォンに歩み寄り、真理加の部屋番号を押した。

待つほどもなく真理加の声で応答があった。

多門は名乗って、明るく告げた。

「急に自分の絵が観（み）たくなってね」

「ごめんなさい。いま、来客中なの」

真理加の声には、狼狽（ろうばい）と怯えが感じられた。

「不破の旦那は、ついさっき帰ったはずだがな」

「な、何をおっしゃってるの!?　今夜は、とっても疲れてるんです。申し訳ないけど、これで……」

「切るな。ちょっと話をするだけだ」

「でも、今夜は本当に疲れてるの」

「おれに、盗聴音声なんて使わせないでくれ」

多門は穏やかに言った。

「盗聴音声って、何なの!?」

「昨夜、ベッドにマイクを仕掛けといたんだ。不破、いや、石沢由隆との情事を録音させてもらった」

「なんですって!?」

真理加が絶句した。多門は早口で言った。

「部屋で話をしたいだけだ」

「…………」

「そっちには何もしないよ。甘い時間を与えてくれた女性に荒っぽいことはしない。約束するよ」

「そういうことなら、お入りください」

真理加が硬質な声で答えた。

多門はオートドアを潜(くぐ)り、エレベーターのケージに乗り込んだ。無人だった。十階まで上昇する。

真理加の部屋のドアは、ロックされていなかった。

最初に現われたのはマルチーズだった。多門を見て、烈(はげ)しく吼(ほ)えたてた。

奥から真理加が走ってきて、ペットを小脇に抱えた。白いネグリジェの上にベージュのガウンを着ていた。色っぽかった。

二人は居間のソファに向き合った。

真理加はマルチーズをしっかと胸に抱え、コーヒーテーブルの一点を見つめていた。血の気が失せ、死人のように顔が白い。

「こっちの質問に答えてくれないか」

多門は言った。黒いウールコートを着たままだった。真理加が小さくうなずく。

「なぜ、筧亜衣子を殺したんだ?」

「それは……」

「亜衣子が、そっちの姉貴の怜子さんを苦しめたからなのか?　亜衣子は、石沢にちょっかいを出したわけだからな」

「ちがうの」

「どうちがうんだ？」

「寛さんは、義兄の愛人なんかじゃないの。由隆さんと親密な関係をつづけてきたのは……」

「そっちだけだった⁉　亜衣子と石沢は、男女の仲じゃなかったのか」

多門は意外な事実に驚いた。

「ええ。わたしと義兄の関係を秘書だった寛さんが嗅ぎつけて、姉の怜子に教えると脅迫してきたの」

「つまり、強請られてたわけか」

「そうなのよ。彼女は義兄の愛人の振りをしてやるから、毎月百万円の協力金を十年間、自分に払えと言ったんです」

「たったそれだけのことで、寛亜衣子を殺っちまったのか？」

「いいえ。彼女は学生のころに、わたしが本気で好きになった男性を……」

「横奪りした？」

「ええ。それから、彼女はわたしの姉の怜子からも口止め料をせしめたんです。お金を出さなければ、身内の恥を世間に公表してやると姉は亜衣子に脅されたんですよ」

「やるもんだな、寛亜衣子も」

「いろんな恨みが重なって……」

「石沢に手伝ってもらって、亜衣子を殺ったんだな？」

「義兄に罪はありません！　わたしひとりで亜衣子を殺したんですから」

真理加が必死に訴えた。多門は少し悲しい気持ちになった。

「女ひとりでやれる犯行じゃない。そっちは、石沢に心底惚れちまったんだな」

「え？」

「奴は、筧亜衣子を消したかったはずだ」

「どうして、そんなことを言うんです？」

「石沢は焼身自殺を偽装した後、高校時代の先輩の別所に闇の美容外科手術をしてもらって、すっかりマスクを変えた」

「……」

真理加が目を逸らした。

「別所って医者は、いい腕してる。こっちの知ってる石沢って悪徳弁護士は垂れ目で、鼻も低かった。口だって、締まりがなかった。歯並びもよくなかったな。それが、別人みたいなイケメンになってた」

「……」

「おれが集めた情報だと、筧亜衣子は四、五カ月前にホテルのラウンジバーで、偶然、不破雄介に生まれ変わった石沢と会ってしまったんだよ。亜衣子は、声と癖で石沢を見抜いたようだな」

多門は言った。真相を暴くのは辛かった。胸のどこかが、ひりひりと痛んだ。

「癖？」

「ああ。不破の旦那は、いや、石沢は意味もなく耳朶をいじるよな」

「あの癖が……」

真理加が独りごちた。暗然たる表情だった。

「それが石沢の敗因だったってわけだな。石沢は亜衣子に正体を見破られたと焦って、彼女を殺したいと考えてたはずだ。現に、亜衣子は駅のホームから突き落とされたり、匕首を持った男に襲われてるにちがいない。どっちも石沢が誰かにやらせたんだろう」

「ああ、なんてことになってしまったの」

「石沢は根っからの悪党だな。いや、冷血漢そのものだ。なんの恨みもない園部綾子を殺し、その前には顔の美容外科手術をしてくれた別所の口まで封じたんだからな。それこそ殺人鬼だな」

「……………」

「仕手筋のボスだった鬼塚も、石沢が曾根崎組の奴に殺らせたんだなっ」

「由隆さんが直に手を汚したのは、ほんの数人です。それも追い詰められ、仕方なくやったの」

「まだ、あの野郎を庇うのか。石沢が自分の手を真っ黒に汚したんだったら、まだ赦せるってもんだ。そうじゃないから、赦せないんだよっ」

多門は憤りを露にした。

「彼を、由隆さんをどうする気なの？」

「さて、どうするか」

「警察に行くのはやめてください。お願い、わたしたちを見逃して！」

真理加がマルチーズを払い落とし、ガウンのベルトに手を掛けた。犬が吼えはじめた。

「色仕掛けなんてのは、そっちには似合わない」

「それじゃ、わたしを……」

「女性を警察に売るような真似はしないよ。おれの絵、持って帰るぞ」

「待って、多門さん！」

「もう終わったんだよ」

多門はソファから立ち上がった。壁の裸婦像をフックから外し、そのまま玄関に足を向けた。背後で、真理加が泣き崩れた。嗚咽は悲鳴に近かった。

多門は一瞬、胸を衝かれた。

だが、振り返らなかった。足を速める。石沢のマンションに行くつもりだ。

6

パニックブレーキを踏む。

後輪が一瞬、ロックされかけた。タイヤが不快な軋みをあげながら、二十数メートル滑った。ようやくカローラが停止した。

多門は長く息を吐いた。

脇道から飛び出してきた白いベンツは、すぐ目の前に停まっていた。二メートルも離れていない。危うく激突するところだった。

百数十メートル先に、元悪徳弁護士の住む高級マンション『白金ロイヤル・パレス』がある。

「どこを見て運転してやがるんだ」

多門はパワーウインドーのシールドを下げ、ベンツに怒声を投げつけた。

運転席から、体格のいい男が降りてきた。武道家崩れだろう。

真理加が石沢に電話したようだ。多門はシフトレバーをＲ（リヴアース）レンジに入れた。

ほとんど同時に、右の側頭部に固いものを押し当てられた。銃口だった。スターム・ルガーのセキュリティー・シックスだ。

アメリカのスターム・ルガー社の看板商品のダブルアクション・リボルバーである。装弾数は六発だった。

拳銃を持った男が命じた。

「助手席と後ろのドア・ロックを外せ！」

「不破の旦那のお招きだな」

多門は素直にロックを解いた。

相前後して、二人の男がカローラに乗り込んできた。三人の体重で、車が沈んだ。

助手席に坐った男は、奇妙な型の武器を持っていた。

十手（じって）に似た造りで、先端は尖（とが）っている。十手の鍔（つば）は片翼だけだが、それには両翼が付いていた。その部分は、大きく彎曲（わんきょく）している。

話に聞いていた釵（さい）だろう。あやふやな知識だが、沖縄古武道の武具だったのではないか。

「車を出せ！」

後ろに坐った男が、銃口で多門の背を小突いた。

多門はカローラを走らせはじめた。別段、竦み上がったわけではない。いずれ石沢由隆が姿を見せると判断したからだ。

白いベンツが後ろから追尾してくる。

男たちが多門に車を停めさせたのは、鉄鋼埠頭の入口だった。東京湾に面している。櫺子門のような車停めがあった。多門は、車から下ろされた。

「なんでえ、また埠頭かよ」

「埠頭がどうだと言うんだっ」

リボルバーの男が苛立たしそうに喚いた。

多門は返事の代わりに唇を歪ませた。二人の男は体格がよかったが、上背は多門よりも二十センチほど低かった。

ベンツがカローラの脇に滑り込んだ。

すぐに二十七、八歳の細身の男が現われた。両手が筋張り、指は節くれだっている。空手か、拳法の使い手だろう。

多門は、三人の男に取り囲まれた。拳銃を持った男が数歩先を歩きはじめた。

少し進むと、両側は巨大な倉庫ばかりになった。

もう午前二時過ぎだ。人も車も、まったく見かけない。倉庫の前には、壊れたベルトコンベアや鋼材が雑然と積み上げられている。屋上からは、錆(さ)びたクレーンが突き出していた。

立入禁止の標識を無視して、海に向かって歩く。

風が冷たい。夜気は棘々(とげとげ)しかった。寒風は海から吹いている。

数歩先を行く男の足は、少しも乱れを見せない。どうやら土地鑑(かん)があるようだ。

男たちが足を止めたのは原木の野積み所の横だった。そのあたりは、ちょっとした広場になっていた。

敵のリボルバーには消音器が装着されていない。どうやら、ぎりぎりまで発砲する気はないようだ。雇い主に、極力、拳銃は使うなと命じられているのだろうか。

それとも武道家らしく、飛び道具は使わずに勝負をつけたいのか。どちらにしても、多門にはありがたいことだった。

三人の男が散った。

リボルバーを持った男はセキュリティー・シックスを腰に戻し、いつの間にか鉄パイプを握っていた。どこかに予(あらかじ)め隠してあったようだ。

鉄パイプは一メートル数十センチだった。

直径三センチぐらいだ。パイプの握り方や構えが、若いやくざとは違う。杖(じょう)術か、棒術を心得ていると思われる。

もうひとりの体格のいい男は、両手に釵らしき物を握っていた。

それを曲芸師めいた仕種で、くるくると回しはじめた。手首が驚くほど軟らかい。

細身の陰気そうな男は、分銅の付いた鎖を手にしていた。鎖は優に二メートルはあった。

多門はネクタイの結び目を緩め、三人との間合いを目で測った。

それぞれ三、四メートルしか離れていない。

敵の三人が同時に挑みかかってきたら、どこかを怪我することになりそうだ。迂闊には踏み出せない。多門はこころもち腰を落とし、相手の出方を待った。

数秒後、鎖が鞭のように大きく撓った。

分銅が唸りながら、ほぼ真上から勢いよく落ちてくる。

多門は横に跳んで、辛うじて避けた。分銅が地べたを叩き、小石と土塊を四方に跳ばす。

すぐに多門は分銅を踏みつけた。

しかし、体重を掛ける前に引き手繰られてしまった。多門の片足が、分銅とともに引きずられる。体勢が崩れた瞬間、今度は鉄パイプが空気を鳴らした。パイプは水平に流れた。

多門はスライディングした。

三十センチの靴が男の臑を砕く。男が後ろに倒れた。

多門は男の両手首を摑もうとした。一瞬、遅かった。細身の男が、鉄パイプを下から斜めに薙(な)いだ。

風が巻き上がった。多門はパイプの下を潜(くぐ)って、九十一キロの巨体で男にのしかかった。細身の男が動きを封じられ、全身で暴れた。所詮、無駄な抵抗だった。

多門は、やすやすと鉄パイプを奪った。

起き上がりざまに、男の顔面をぶっ叩いた。と思ったのは、早とちりだった。男は敏捷に横に転がっていた。

多門は手首に痺(しび)れを覚えた。

鉄パイプの先端は、完全に折れ曲がっていた。細身の男の腰を蹴りつけ、多門は素早く向き直った。

そのとき、ふたたび分銅付きの鎖が風を鋭く鳴らした。

多門は鉄パイプで、鎖を払った。硬質な金属音が高く響いた。分銅がパイプの周(まわ)りを四、五度回った。鎖はパイプに固く絡(から)みついていた。

男が両手で鎖を手繰(たぐ)った。

しかし、巨身の多門は半歩すら引き寄せられなかった。男が身に危険を覚えたらしく、一歩ずつ退(さ)がりはじめた。

「こ、この野郎、逃げんじゃねえっ」

多門は鉄パイプを右肩の後ろまで一気に引いた。

男が鎖を握ったまま、つんのめるように前に出てきた。多門は横に動き、男に足払いを掛けた。技(わざ)は、きれいに極(き)まった。

男がもんどり打って、仰向けに倒れる。

多門は、鉄パイプを男の腹に垂直に沈めた。折れ曲がった先端とは反対側だ。いま、相手を殺すわけにはいかない。雇い主を確かめる必要があった。

パイプは内臓まで達した。

男が凄まじい声を放った。その瞬間、背後で大気を裂(さ)くような気合が発せられた。

鉄パイプを握ったまま、多門は振り返った。

両手に奇妙な武器を持った男が、ちょうど飛翔(ひしょう)するところだった。釵と思われる物は逆(さか)手(て)に握られている。尖(とが)った先は下向きだった。

多門は慌てなかった。

倒れた男のベルトの下からリボルバーを抜き取り、おもむろに立ち上がった。

高く舞い上がった男が多門の動きに気づき、宙で狼狽(ろうばい)する。両脚でバランスを取り、そのまま跳躍した場所に着地した。

多門は拳銃を左手に持ち替え、鎖の巻きついた鉄パイプを倒れた男の腹から引き抜いた。そのまま彼は、鉄パイプを上段から振り下ろした。男が珍しい武器を交差させ、パイプを受け止めた。

金属音が高く響き、小さな火花が散った。

「ち、力較べなら、負けねえど」

多門は右腕に力を込めた。

交差された十手を想わせる武具が次第に沈み、やがて男は地面に両膝をついた。

多門は男の股間を蹴り込んだ。相手の睾丸は潰れただろう。

男が長く呻いた。

交差がほどけ、鎖と分胴の絡みついた鉄パイプが男の頭を直撃することになった。

男は後ろに引っくり返った。それを見て、無傷の男が背を見せた。逃げる気なのだろう。

多門は素早く足許に転がった釵らしき物を拾い上げ、それを投げつけた。空気が鳴った。

古武具は、男の尻に突き刺さった。男が野太く唸りながら、前のめりに倒れた。

多門はもう一つの古武具で、目の前にいる男の左腕を突き刺した。長い剣先は地面まで深く埋まっていた。男の腕は地面から離れない。

「お、おめえら、番犬になるにゃ、十年早えな」

多門はせせら笑って、立ち上がった。

その直後、背後で聞き馴染んだ声が響いた。

「多門、リボルバーを捨てろ！」

「遅いじゃねえか、不破の旦那。いや、石沢由隆だったな。警察の調べが杜撰だったんで、トリックは看破されなかった。けど、おれの目は節穴じゃないぜ」

「動くなっ」

「お、おめに撃けるのけ？」

多門は振り返った。

次の瞬間、体の血が引いた。なんと石沢由隆は真理加の頭にグロック26の銃口を当てている。オーストリア製のコンパクトピストルだ。

「ど、どういうことなんだ？」

「早くリボルバーを捨てろっ」

石沢が喚いた。目が吊り上がっている。

「ほ、ほ、本気なのけ？」

「もちろん、本気だよ。おれの秘密を知ってる人間はすべて邪魔者だからな」

「お、おめは、そ、そ、それでも……」

多門は激情のあまり、満足に喋れなかった。拳銃を捨て、身構える。

カシミヤの白いコートを着た真理加は立ったまま、静かに泣いていた。

石沢は無表情だった。スリーピース姿だ。

「多門、きさまのせいで、おれの人生設計は狂ってしまった。弁護士の資格を失ったときの悔(くや)しさが、きさまにわかるかっ」

「わ、わがりたくもねえな」

「きさまのような社会の屑(くず)に、人生を台無しにされた人間の気持ちが……」

「黙れ！　おめって野郎は、て、てめえのことしか、か、考えてねえんだなっ」

多門は怒声を張り上げた。

「悪いか！　家族、友人、女、そんなものは、いくらでもスペアが利く」

「お、おめの代わりに焼け死んだのは、ど、どごの誰なんだ？」

「西成(にしなり)区のドヤ街に住みついてた蒸発男さ」

「そ、そうけ」

「あんなに背恰好のそっくりな奴が見つかるとは思わなかったよ。おまけに、血液型もAB型だった。年齢(とし)が一つ違って、死んだ男のほうが少し骨太だったがな」

「そ、それで指輪が指に嵌(は)められなかったんだべ？」

「まあな」

「ふ、不破雄介は実在するのけ？」

「ここにいるじゃないか。ＤＮＡ鑑定されなかったんで、計画はうまくいったんだが、きさまが……」

「悪知恵を働かせやがって！」

「もうひとりの不破氏は山谷のドヤ街にいるよ。その男の戸籍を買ったのさ」

「お、鬼塚の犯行に見せかけてたのは、奴に強請られてたからなんだべ？」

「そうだ。鬼塚とは京都競馬場の馬主席で偶然に隣り合わせてしまったんだよ。こっちは空とぼけたんだが、奴はおれが別人になりすましてることに勘づいた」

石沢がそう言って、左手で耳朶をいじった。

「そ、それだ！　お、おめのその癖と声で、筧亜衣子もおれも……」

「顔を変えるついでに、声帯を少しいじってもらうべきだったか」

「べ、べ、別所って美容外科医まで殺っつまって、お、おめって野郎は、ま、まんず救いようがねえな。残忍な冷血漢だ！」

「賢い人間は、自分で自分を救うんだよ」

「けっ、偉そうに。な、なんぼ頭さよぐても、お、おめは最低の人間だ！　クズだべな」

「きさまに何と言われようと、ちっとも傷つかない」

「『誠実堂』には、な、なじょな恨みさあったんだ？」

多門はそう問いかけ、真理加の様子をうかがった。

真理加はきつく瞼を閉じ、両手で耳を塞いでいた。おおかた、愛した男のおぞましい告白を聞くことに耐えられなくなったのだろう。

「おれは、あの会社の顧問弁護士だったんだよ。待遇は悪くなかったんで、自分なりに精一杯、尽くした。ところが、来栖はちょっとしたミスをしたおれを即刻、解任したんだ」

「み、み、身代金、いぐらせしめたんだ？」

「五億八千万。ああいう男でも、かわいい娘のためなら、すんなりと出すもんだな」

「な、なして、ストレートにおれさ殺らなかったんだっ。じ、じわじわと苦しめたかったんでねえのけ？」

「そうだよ。ただの復讐じゃ、能がないじゃないか。だから、ダミーの佃義夫や曾根崎組の連中を使って、きさまの市場もおおむね手に入れたのさ。これで、きさまともお別れだ」

「女は、撃つんでね！」

「惚れた女が死ぬとこは見たくないか。なら、きさまが先にくたばれっ」

石沢は真理加を突き飛ばすと、グロック26を両手で保持した。

多門は足許のリボルバーを拾うと見せかけて、石沢の顎をメロン大の拳で掬い上げた。骨が鈍く鳴る。

石沢は両腕をV字形に掲げ、七、八メートル後方まで吹っ飛んだ。拳銃が宙を舞う。

多門は駆け寄って、身を起こしかけた石沢を思うさま蹴り上げた。電光のような蹴りだった。石沢は体を丸めて、ボールのように転がった。

「イ、インテリ野郎は、よ、弱えな」

多門は嘲って、石沢を摑み起こした。

両手で石沢の肩をしっかり押さえ、膝頭で股間を十度近く蹴り込んだ。

蹴るたびに、石沢は小娘のような悲鳴をあげた。そして、三人の番犬どもの名を代わる代わる呼んだ。男たちは地べたに寝そべったまま、ただ唸っていた。誰も立ち上がらない。

間もなく、石沢は気絶した。

意識を取り戻しかけると、多門は石沢の顔面や首筋をライターの炎で炙った。

すると、石沢は発条仕掛けの人形のように跳ねた。その動きは不様で、滑稽だった。気分は最高だ。多門はできるだけ苦痛を与えてから、石沢を葬る気になっていた。

「多門ちゃん、こ、殺さないでくれ」

石沢が血と泥に塗れた体をなんとか起こし、土下座をした。体がぐらついて、十秒と坐っていられなかった。

「気やすくおれの名を呼ぶんじゃねえ！」

多門は標準語で言って、石沢の胸を蹴り込んだ。倒れた石沢は、しばらく意識を取り戻さなかった。

湧き上がった風が縺れて、音をたてた。

多門は、ふと綾子の削がれた片耳のことを思い出した。

とたんに、憤怒が湧いた。多門は屈み込んで、石沢の耳をライターの火で焼きはじめた。

肉の焦げる臭いが漂いはじめた。と、石沢がけたたましく叫んで跳ね起きた。

次の瞬間、後ろで重い銃声が轟いた。

石沢が呻いて、弾け飛んだ。仰向けに倒れ、転げ回りはじめた。

多門は振り向いた。真理加が、ぶるぶる震える手でセキュリティー・シックスを握りしめていた。

多門は真理加に走り寄って、リボルバーを捥ぎ取った。

「そっちは逃げろ！」

「いや、由隆さんを撃たせて。あの男を殺したら、わたしも死にます」

「惚れた腫れたで奴を殺されちゃ、こっちが困るんだよ」

「お願い、彼と一緒に死なせて！」

「あの野郎だけが、男じゃねえだろうが」

多門は、リボルバーを思い切り遠くに投げた。真理加が、その場に泣き崩れた。身を揉みながら、彼女は激しく泣きじゃくりはじめた。

多門は無言で真理加から遠ざかった。

石沢が左脚を手で押さえながら、必死に逃げていく。上体を大きく傾けて、ひたすら歩いている。倉庫のある方角だった。

多門は消音器を嚙ませた自動拳銃を拾い上げ、石沢の後を追った。走れば、すぐに追いつく距離だった。

だが、多門はわざと走らなかった。石沢は極度の恐怖心に取り憑かれているにちがいない。

もっと怯えやがれ！　心臓が停まるまで、怯えつづけろ。ほら、泣き喚けよ！

多門は胸底で叫び、石沢の五、六メートル後ろを影のように進んだ。

快楽殺人に走る気になったのは、それだけ石沢に対する憎しみが強いからだ。残虐な犯罪者は、とことん苦しめてから葬るべきだろう。同情はいらない。

多門は報復の方法を考えながら、少し足を速めた。

エピローグ

冷血な首謀者をどう始末するか。

多門は決断を迫られた。そのとき、殺された園部綾子の顔が脳裏に浮かんだ。そのとたん、一気に殺意が膨らんだ。

「極悪人は生かしちゃおけねえ!」

多門は肚を括った。

いつしか石沢は埠頭を出ていた。百数十メートル先に灰色のベンツが見えた。石沢は多門を振り向きながら、懸命に自分の車に近づこうとしている。

多門は、脳漿が煮えたぎりはじめたような気がした。

頭の芯が灼けたように熱い。全身の筋肉と血が沸き立って、ざわついているようだ。体毛も毛羽立っている。

背筋がぞくぞくしてきた。この急き立てられるような熱い興奮は何なのか。自分にも、よく説明のつかない快感だった。

石沢がふらつきながら、ベンツの運転席に入った。

多門は、人影のない路上にたたずんだ。

石沢の車のヘッドライトが灯った。ベンツが発進する。

多門はサイレンサー付きのグロック26を両手で支え、巨体をやや屈めた。石沢の肩口に狙いを定める。

迷わず撃った。

くぐもった発射音がした。手首の衝撃は小さかった。硝煙も薄い。

ベンツが蛇行しはじめ、そのままコンクリートの電柱に激突した。白煙と埃が舞い上がる。

多門は急ぎ足でベンツに近づいた。

フロントグリルが潰れて、ひしゃげていた。

石沢はステアリングにのしかかり、苦しそうに呻いている。血塗れだった。

多門は、ベンツの給油口の蓋を蹴りつけた。深くへこんだ鉄板を引き剥がし、キャップを外した。

多門はグロック26を歯で挟みつけ、両手で車体を烈しく揺さぶった。ガソリンがあふれ出し、車の下に拡がる。

路面が玉虫色に光りはじめた。

石沢がドアを開けようとしている。だが、なかなか開かない。必死の形相だった。

多門は車から少し離れた。

車の中で、石沢が何か訴えた。目を大きく見開いている。濁った眼球が、いまにも零れ落ちそうだ。

「二度死にやがれ！」

多門は、燃料タンクに立てつづけに三発撃ち込んだ。

爆発音とともに、路面から橙色の炎が躍り上がった。ベンツは瞬く間に炎に包まれた。

石沢の叫び声は、じきに炎の音に掻き消された。

多門はグロック26を車体の下に滑らせ、煙草をくわえた。石沢が黒焦げになるまで、一歩も動く気はなかった。

車のシールドが次々爆ぜた。火の勢いが一段と強まった。

大きな炎が石沢の顔面を舐めはじめた。ベンツは、まさに炎の柩だった。

多門は不敵な笑みを浮かべた。

二〇一二年三月　祥伝社文庫刊

光文社文庫

毒蜜（どくみつ） 快楽殺人（かいらくさつじん） 決定版

著　者　南（みなみ）　英（ひで）　男（お）

2022年7月20日　初版1刷発行

発行者　鈴　木　広　和
印　刷　堀　内　印　刷
製　本　榎　本　製　本

発行所　株式会社　光　文　社
〒112-8011　東京都文京区音羽1-16-6
電話（03）5395-8149　編　集　部
8116　書籍販売部
8125　業　務　部

ISBN978-4-334-79389-0　Printed in Japan

組版　堀内印刷

光文社文庫　好評既刊

この世界で君に逢いたい　藤岡陽子
オレンジ・アンド・タール　藤沢周
探偵・竹花潜入調査　藤田宜永
探偵・竹花女神　藤田宜永
ショコラティエ　藤野恵美
現実入門　穂村弘
小説日銀管理　本所次郎
ストロベリーナイト　誉田哲也
ソウルケイジ　誉田哲也
シンメトリー　誉田哲也
インビジブルレイン　誉田哲也
感染遊戯　誉田哲也
ブルーマーダー　誉田哲也
インデックス　誉田哲也
ルージュ　誉田哲也
ノーマンズランド　誉田哲也
ドルチェ　誉田哲也
ドンナビアンカ　誉田哲也
疾風ガール　誉田哲也
春を嫌いになった理由　誉田哲也
ガール・ミーツ・ガール　誉田哲也
世界でいちばん長い写真　誉田哲也
黒い羽　誉田哲也
ボーダレス　誉田哲也
クリーピー　前川裕
クリーピースクリーチ　前川裕
クリーピークリミナルズ　前川裕
クリーピーラバーズ　前川裕
クリーピーゲイズ　前川裕
アトロシティー　前川裕
アウトゼア　未解決事件ファイルの迷宮　前川裕
いちばん悲しい　まさきとしか
ナルちゃん憲法　松崎敏彌
網　松本清張

光文社文庫　好評既刊

棟居刑事の黒い祭　森村誠一
棟居刑事の代行人　森村誠一
棟居刑事の砂漠の喫茶店　森村誠一
春や春　森谷明子
南風吹く　森谷明子
遠野物語　森山大道
神の子(上・下)　薬丸岳
ぶたぶた日記　矢崎存美
ぶたぶたの食卓　矢崎存美
ぶたぶたのいる場所　矢崎存美
ぶたぶたと秘密のアップルパイ　矢崎存美
訪問者ぶたぶた　矢崎存美
再びのぶたぶた　矢崎存美
キッチンぶたぶた　矢崎存美
ぶたぶたさん　矢崎存美
ぶたぶたは見た　矢崎存美
ぶたぶたカフェ　矢崎存美

ぶたぶた図書館　矢崎存美
ぶたぶた洋菓子店　矢崎存美
ぶたぶたのお医者さん　矢崎存美
ぶたぶたの本屋さん　矢崎存美
ぶたぶたのおかわり！　矢崎存美
学校のぶたぶた　矢崎存美
ぶたぶたの甘いもの　矢崎存美
ドクターぶたぶた　矢崎存美
居酒屋ぶたぶた　矢崎存美
海の家のぶたぶた　矢崎存美
ぶたぶたラジオ　矢崎存美
森のシェフぶたぶた　矢崎存美
編集者ぶたぶた　矢崎存美
ぶたぶたのティータイム　矢崎存美
ぶたぶたのシェアハウス　矢崎存美
出張料理人ぶたぶた　矢崎存美
名探偵ぶたぶた　矢崎存美